SABOTAJE OLÍMPICO

奥林匹克阴谋

Manuel Vázquez Montalbán
〔西班牙〕马努埃尔·巴斯克斯·蒙塔尔万 著

汪天艾 译

人民文学出版社
PEOPLE'S LITERATURE PUBLISHING HOUSE

著作权合同登记号　图字 01-2018-8979

图书在版编目(CIP)数据

奥林匹克阴谋/(西)马努埃尔·巴斯克斯·蒙塔尔万著;汪天艾译.—北京:人民文学出版社,2020
ISBN 978-7-02-012905-8

Ⅰ.①奥…　Ⅱ.①马…　②汪…　Ⅲ.①长篇小说-西班牙-现代　Ⅳ.①I551.45

中国版本图书馆 CIP 数据核字(2017)第 119053 号

责任编辑　**朱卫净　刘佳俊**
封面设计　**钱　珺**

出版发行　**人民文学出版社**
社　　址　**北京市朝内大街 166 号**
邮政编码　**100705**
网　　址　**http://www.rw-cn.com**

印　　刷　**宁波市大港印务有限公司**
经　　销　**全国新华书店等**

字　　数　**87 千字**
开　　本　**889 毫米×1194 毫米　1/32**
印　　张　**4.125**
版　　次　**2020 年 5 月北京第 1 版**
印　　次　**2020 年 5 月第 1 次印刷**

书　　号　**978-7-02-012905-8**
定　　价　**35.00 元**

主要人物

佩佩·卡瓦略：私家侦探。

毕斯库特：卡瓦略的助手，厨师。

恰罗：卡瓦略的情人，妓女。

恩里克·福斯特：卡瓦略的邻居，经理人。

胡安·卡洛斯：西班牙国王。

萨马兰奇：国际奥委会主席。

薇拉·穆索维奇：塞尔维亚健美运动员。

安妮公主：英国王室，国际奥委会委员。

费利佩·冈萨雷斯·马尔克斯：西班牙首相。

帕拉上校：理想主义者，情报人员。

科尔库埃拉：西班牙内务大臣。

布特罗斯-加利：联合国秘书长。

马利斯卡尔：设计师。

哈维尔·鲁伯特·多斯·文多斯：加泰罗尼亚-巴西裔思想家。

历史是一门科学，探讨人类发展进程中组成其生活的行为，并解释这些行为的动机。

——圣地亚哥·安德烈斯·萨帕特罗①

诸神让我们像皮球一样来回奔忙。

——普劳图斯，《俘虏》②第22幕

① 圣地亚哥·安德烈斯·萨帕特罗，西班牙著名历史学教授，研究方向为西班牙近现代史和地缘史，出版过数十本历史学专著和教材。

② 普劳图斯（Plautus，B.C.254—B.C.184），古罗马剧作家，所创作喜剧是现存完好的最早的拉丁语文学作品。《俘虏》是他最著名的代表作之一。

毕斯库特对埃斯科菲[1]颇有一套理论，不光有，一有机会还要冲卡瓦略显摆一番，每每让听者不时后悔当初花钱送他去巴黎一游并在那儿的埃沃格拉斯先生高级厨艺学校参加煲汤速成班。

“埃斯科菲代表了中产阶级厨艺伟大传统的神学大全。”

卡瓦略数次试图分解这句话，问问他比如，神学大全到底是什么？毕斯库特对此早有答案。

“就是终极大惊喜。”

巴黎之行归来，毕斯库特向卡瓦略展示了自己应付起高难度的清炖肉汤得心应手，对其精妙之处拿捏得当——无论是碎菜炖汤还是其他多少具有法国特色的汤种（从巴黎大堂[2]风味的洋葱汤到最正宗埃斯科菲路数的蒂兰鲁玛尼耶浓汤），而此番学艺的积极收获更在于现在他还敢于尝试煲各种“外国”汤，此处毕斯库特反复强调“外国”二字，活脱脱像个“伪法国人”。

“您知道埃斯科菲总惦记着西班牙炖菜浓汤吗？虽说那哥们儿从不掩饰自己受不了西班牙厨艺里的鹰嘴豆和熏肠。头儿，今天我要给您煮一锅非常外国的汤。”

---

① 埃斯科菲（Auguste Escoffier，1846—1935），法国顶级厨师，著名美食作家。

② 巴黎大堂（Les Halles），法国巴黎的一个区域，位于第一区。

“干吗费那么大劲？”

“总得试验试验。”

于是他试验了一种奥卡浓汤：这是一道以鲟鱼为主料的鱼汤，辅以多种鱼类的刺和鳍，加入水、白葡萄酒、欧芹、块根芹、茴香、蘑菇、盐等配料。对卡瓦略而言，罗列出做成一道菜所需的食材就很头疼，何况这还只是一道简单的汤，一道平淡无奇的汤罢了。真是七老八十做浓汤①。看看那硬底深口盘里挤满了张牙舞爪的肉块，因为煮得太久而十分驯服。生的？熟的？熟过头了！不过毕斯库特选择忘了这一段。就像忘了现实，或者记忆。自从去了趟巴黎，毕斯库特已经从本质上摆脱了依赖人的状况，他像是发现了，除了给一个钱财和乐观度都极为有限的侦探当一度年轻的囚徒和不再年轻的全方位仆人之外，这个世界的彼端还有新的地缘。或许卡瓦略也已经不想要毕斯库特的陪伴了，而且，基于和习惯遗忘的文化传统保持一致，他也不需要现实，不需要记忆。1993 年 7 月。一年前的这个时候万事俱备等待巴塞罗那奥运会的开幕，举世盛事，所有生活都被这场几乎波及众生的危机下水道吞没了。要是我们相信经济当局们的话，诸神早已动身前往真正的奥林匹斯山，可他们甚至没有礼貌性地给我们留点饼和葡萄酒②。每当卡瓦略想起奥运会那些日子里的幻想，就觉得自己有必要加强与具体事物的自然主义联系。有点事儿得做。有点事儿应该做。奥运会落幕后，他没有像很多人那样为此

---

① “七老八十做浓汤”（A la vejez，potajes）改写自西班牙俗语“七老八十得天花”（A la vejez，viruelas），意在“老来出怪事”。

② 天主教圣餐礼上分发饼和葡萄酒，象征耶稣基督的身体与血。此处“众神启程”和“没有留下饼和葡萄酒”的隐喻参见后续关于荷尔德林诗歌的注解。

求助心理医生，而是保持了优先考虑求助哲学家的习惯。他的首选哲学家依旧是哈维尔·鲁文特·多斯·文多斯[①]。面对卡瓦略抛出的诸神缺席的问题，这位哲学家从电话另一端这样回答道：

“问这个干什么？为了什么？如果您想做点什么，说明您还有理智……某种目的……也许这只是对目的的直觉……对目的有条件的投射。的确，诸神都已离开，荷尔德林早已如此宣告，但是他相信诸神留下了饼和葡萄酒[②]。我将它解读为对物质满足的暗喻。难道没有物质满足留给我们吗？我的话您听进去了吗？您换高压锅了吗？您尝过科尔萨[③]羊奶酪吗？您是不是痴迷于杜埃罗河畔[④]的葡萄酒？为什么不换成带气矿泉水呢？”

也许并不是真要这么做，只是说说而已。卡瓦略冲着毕斯库特说：

“放点鹰嘴豆。”

“头儿，往奥卡汤里放鹰嘴豆？”

“管它是什么……都往里面放鹰嘴豆和熏肠……”

“头儿，这可是民族主义。我们被民族主义的浪潮侵袭了。”

登上集体领奖台等着戴奥运奖牌的那些人和他有什么共通

---

① 此处作者虚构的哲学家哈维尔·鲁文特·多斯·文多斯（Xavier Rupert dos Ventos）的名字化用自巴塞罗那著名哲学美学教授哈维尔·鲁文特·德·文多斯（Xavier Rupert de Ventos），他曾参加欧洲议会，并担任哈佛大学等世界名校的客座教授。

② 荷尔德林是德国早期浪漫主义的代表诗人，“饼和葡萄酒”意指荷尔德林的代表诗作《饼与酒（*Brot und Wein*）》，诗中第七节“可是朋友！我们来得太迟。诸神虽活着，但却在高高的头顶，在另一个世界”，第八节“面饼是大地的果实，却也是光的恩赐，葡萄酒的喜乐来自那雷鸣之神。因此我们享用时也怀念天神”（林克译）。诗人坚信诸神早已离开，已然“缺席”，但他们曾经存在，并留下饼和葡萄酒。

③ 科尔萨，加泰罗尼亚大区赫罗纳省的一个小镇。

④ 西班牙杜埃罗河的河岸地区被公认为条件最为得天独厚的葡萄酒原产地之一。

之处呢？他全神贯注地在电视机前收看了奥运圣火抵达巴塞罗那——一个希腊-加泰罗尼亚风格的欢迎仪式，其中最大的亮点无疑是将圣火带上陆地的那个光彩照人的姑娘，由此开启环绕整个西班牙的火炬传递。在画好史诗般恢宏同时又神似动物园分区的界线之后，火炬经由政客、运动员和其他各种当地名流手手相传。如果这是一场筹款宴会，旨在改善城市或者改良其中仅存的凯尔特伊比利亚人种[①]（也许至少可以问一句是否有必要），卡瓦略会和现在一样无动于衷，但至少还能接受攘攘人群的油腻，接受所有事情和日复一日，任凭自己被这个比别的夏天都更加夏天的夏天牵着走：

总在等待一个更好的
夏天
适合做那些
从未做过的事。

一个与卡瓦略同时代的诗人曾在年少时期这样吟唱，卡瓦略不时会想起这个诗人一些破碎的诗句，有他读过的，有的甚至是听别人读过的：

没发生过通奸

---

① 凯尔特伊比利亚人：古罗马帝国时期居住在伊比利亚半岛的凯尔特人和伊比利亚人的后裔。最早一批到达伊比利亚半岛的凯尔特人正是通过比利牛斯山首先进入巴塞罗那所在的加泰罗尼亚地区。

那姑娘还活着。

这又是谁写的？管他呢。有一种“侨居者”的情绪深入骨髓，如同一股无法挪移的寒意，很像他曾经在那些佛朗哥主义的“客西马尼园”[①]里感受过的——从内心的流亡到被推搡进独裁统治的猥亵之下——如今，奥林匹克人潮带来的浩大且不言自明的压力又把他逼到下陷车流的边缘，这些汽车已经不再相信前路，都不想开下去了。整整十七天，这座城市挤满了少数身体力行的运动员和大多数在言语、思想和失职方面[②]的“运动健儿”。整座城市挤满伪装健康的人，这已经足以令人不堪忍受，而更加难忍的是，为了举办奥运会，这座城市还专门做了整容手术，从过去带来的那些重要皱纹统统不见了。国王们，有共和可能的总统们，还有国际奥委会全体成员的生命不可承受之轻，一群男胖子和女胖子背着塞满奥林匹克哲学的双肩包，始终拒绝分辨食人族与其受害者的区别。他们就这样在城市的各个大门安营扎寨，等待被全新逻辑化过的机会：接下来的主角是残障人士奥运会——对“残疾人”这种委婉说法的又一次委婉化，在这个残疾人得用鼻子进球才能获得一点关心的社会框架下鼓噪着危险的同情心。卡瓦略决定诉诸改良版的形而上自杀。当初，他不得不与佛朗哥主义茁壮的尸骨共存，死去的将军像一个涂满防腐剂的活玩偶，

---

① 客西马尼园：《圣经》中耶稣被捕前最后一次祷告的地点，他在那里受到魔鬼的试探，并被出卖被捕。此处即泛指“蒙难之地”。

② 言语、思想和失职（palabra，pensamiento y omisión）源自天主教祷告词《我是罪人（*Yo pecador*）》中“我在思想、言语、行为和失职上犯重罪（he pecado mucho de pensamiento，palabra，obra y omisión）”，另一个常用版本只列有前三种罪而无“失职之罪”。

只能动动胳膊和手枪却执意留在犯罪现场，成为一尊石像被请到自己退化成野蛮头子的现场。在那段低迷的历史岁月里，卡瓦略曾经演练过形而上的自杀。他清空一间房间，封死房门，把自己关在里面，浑身赤裸，除了囤满各种不易保存的美味佳肴和一只火腿作为与永恒相连的食材之外，与过去和未来都再无瓜葛。自从 20 世纪六十年代末的那次个人危机以来，卡瓦略的形而上和饮食文化都进步了许多，所以这次他决定把自己关进位于巴维德莱拉[①]的家中，门窗紧闭，包括狭长的缝隙也都用绝缘胶带封死。夏天与焦躁要求他脱得一丝不挂，只剩一条小三角内裤响应他从五十岁开始的荒诞感。冰箱和储藏室都堆放着馥颂牌[②]或者比那更高级的食品，并且也没有忽视本可以极有尊严地超越后现代主义陷阱的西班牙食品，可惜那些陷阱对味觉市场文化造成了太多大灾难。

他位于兰布拉斯大街[③]的私人侦探办公室“……因精神度假”关门歇业，这是巴塞罗那仅存的几条还能让奥林匹克丁字镐表现几分尊重的街道，然而又有世界各地的电视摄像机蜂拥而至，它们沉醉在来自本城和外城的第五代居民及外地人的油炸味里，肺叶侵入巴塞罗那腹地腐烂的氧气。卡瓦略的世界被别人挤满，“别人”一词最坏的一层意思，是这个世界即将不再属于他的前奏。他想切断与他者的一切联系，首先就是距离最近的“别

---

① 巴维德莱拉（vallvidrera），巴塞罗那城市外围的一个区。

② 馥颂（Fauchon），法国巴黎著名高级食品品牌，售卖鹅肝、鱼子酱、高档巧克力等各式各样的食品。

③ 兰布拉斯大街（Las Ramblas），巴塞罗那市中心最繁华的步行街，从加泰罗尼亚广场一直延伸到海边的哥伦布雕像，沿街都是极具特色的餐馆、酒吧和表演艺人。

人”。所以他把自己的助手毕斯库特送去进行一次出乎意料的扩展学习，所谓出乎意料，因为他根本还没什么持续的学习可供扩展，这只是卡瓦略在全城最不可信的旅行社找到的最便宜的旅行。毕斯库特有个古老的梦想，就是移居巴黎参加一系列厨艺短训班，尤其吸引他的是关于清炖汤、菜肉汤之类深盘菜肴的部分。卡瓦略近来饱受年龄危机的困扰，发表过一套关于深盘菜肴的理论。

“等我老得牙齿都掉光了，毕斯库特，考虑到牙医开出的价格，最明智的选择就是回归灵长目动物饮食的起源。当初，他们被逐出森林天堂，再也不能做掠食者，于是在广袤的草原上徘徊，驯养野兽，采集蔬菜，把自己变成农业家、牧场主或者手工匠，在火的帮助下学习烹饪。”

出于某种犬儒主义，卡瓦略强调理论付诸实践，他一边论述观点，一边借着《烹饪而为人》这本书无可计量的帮助在自己的烟囱下点起一簇火堆。书的作者法乌斯蒂诺·戈东是著名的辩证唯物主义生物学家，激进的共产主义战士，“第五团”[①]的创建者之一。

“烤肉是偶发性烹饪的产物，毫无疑问地诞生于一个不慎手抖的瞬间，梁龙的里脊肉落到了史前营地的一堆炭火上。这是第一道真正的菜肴，用烹饪文化粉饰杀死并吃掉他者的行为。而在烤肉之后，第一次具有重大意义的行动是被法国人称为牛肉浓汤[②]的乱锅炖菜，在法语里听着像博士论文题目——那个语言说

① 第五团（V Regimiento），全称第五民兵团，是西班牙内战初期代表西班牙第二共和国出战的一支著名的志愿军。主要由西班牙共产党和年轻社会主义者组成。

② 原文为法语 *le pot-au-feu*。

什么都像博士论文题——其实不过是炖菜，还可以包括菜肉汤。把所有食材都放进水中煮沸，这样汤汁保存了最好的营养，而且接受这样的营养精华不需要牙齿。在巴黎，他们会教你炼金妙术煲出最美味的汤和最美味的菜肉汤。”

“我能去看埃菲尔铁塔吗？”

“包在价格里了。”

“女神游乐厅[①]呢？”

“拿上两万比塞塔[②]去看奶子吧，毕斯库特，那可都完美得不真实。”

“头儿，我不喜欢不真实的。”

“所以说你很有品位却不喜欢完美的奶子。看来《花花公子》对完美女人做的事简直损人利己。现在都没人相信那些有完美身材的女人了，她们的身体像是从老式胶卷上展开的。”

在如此多重目标的驱动下，毕斯库特乘坐一辆旅游大巴出发前往巴黎，车上挂着透光塑料布用来投影电影，甚至放了令人昏昏欲睡的《西班牙人在巴黎》，所谓的“哲学”电影，讲的是西班牙廉价女劳动力在巴黎的命运，时间设定在1968年5月[③]和1969年那两次无用的骚乱之间。而不用再对手下人负责的卡瓦略做好准备用最极端的孤独忍过奥林匹克的考验。他最主要的癖好

① 女神游乐厅：巴黎九区的一家夜总会性质的咖啡馆、音乐厅，演出以华丽的服装、堂皇的排场以及异域风情著名，并时有裸体表演。

② 比塞塔：西班牙在欧元之前使用的货币，两万比塞塔约合120欧元。

③ 此处1968年5月发生的骚乱指1968年春天发生在巴黎的学生运动，史称“五月风暴”，巴黎大学生示威要求戴高乐下台，与警察发生严重冲突。5月30日戴高乐在巴黎向全国发表讲话，决意留任。随后6月的大选中，支持戴高乐的多数派获得大胜，获得议会四分之三的席位。

是烹饪和烧书，这让他得以与物质接触并帮助他改造世界。十七天的闭关里，他享受到了焚烧具有重大意义的书籍带来的愉悦，首当其冲的就是关于奥林匹克主义的那本《我知道什么？》[①]。

这个决定是完全私密的，而且家人和追随者的匮乏使得卡瓦略侦探突如其来的反奥林匹克行为无人知晓，所以这起重要反叛与蔑视活动的主角自觉无人能敌，满足得难以自抑。到了孤芳自赏的时间。还有什么是比成为唯一能享受自己对巴塞罗那奥运会的否认更大的愉悦呢？如果要为拒绝举办奥运会提供理由，他可以诉诸这样一些论据，譬如奥运会是一场体育外的玩笑，因为体育已经被淹没在所有关于市政建设和新闻媒体的磋商中看不见了。或者先天愚钝的奥运会落在了不仅先天愚钝还无视现实的创始人顾拜旦男爵手中，他居然有能力始终坚持体育可以超越社会不平等，并且只允许由体育上更多更好的努力衍生出的不平等："社会地位，姓甚名谁或者从父母那里世袭多少产业在这方面毫不重要。"不过，卡瓦略觉得为了一种深藏心底的拒绝，这样引经据典太浪费了。他从安东尼奥·马查多[②]那里继承了对体操的厌恶，还沿袭了诗人那一套深刻的失败者家谱，一种不把表现癖表现出来的冷酷。而对西班牙而言，现在真不是适合冷酷的好时候，这个国家正在把巴塞罗那奥运会和塞维利亚世博会吹嘘成自身现代化最超凡的戏剧呈现。就算是没人因为反对奥运会被抓进

---

① 原文使用的是法语 Que sais-je，取自法国思想家和散文家蒙田广为流传的名言原句，蒙田曾将这句话当做铭刻在纹章上的座右铭，它充分体现了他思想中的怀疑主义。

② 安东尼奥·马查多（Antonio Machado，1875—1939），诗人、作家，西班牙 1898 年美西战争失利丢失在拉美的最后一块殖民地之后诞生的"九八年一代"知识分子群体的杰出代表。

疯人院，也不是因为宽容，而是为了表现宽容。可以说，西班牙被各路表现主义者包围着。

侦探想象着国王胡安·卡洛斯陛下用波旁家族式的担忧神情询问王后：

“索菲亚，你看见卡瓦略了吗？”

王后虽然一脸茫然，倒也没影响她按照预定剧本彩排，写这个剧本就是为了让她圆满完成使命。国王也是一样，他用他标志性的伟大职业精神一遍遍复习各路王室成员前面的定语以及作为一位后现代时期国王需要遵循的十诫，这些条条框框都可以供他开设一个“在位国王及王储永久职业培训”集中强化班了。如果说过去他都听取民主过渡时期①那些行动与政治顾问的意见，尤为出众的例子就是埃米利奥·罗梅罗②写给国王的那些信件，那么当下，他就只能全凭经验办事了，尽管他很希望有人能给他写一本《国王道德准则》，要说特别的人选，最理想的当属道德准则撰写专家费尔南多·萨瓦特尔③。

“陛下，您这是让我没话可说啊，给一位国王写行为准则。”

“可是，好家伙，萨瓦特尔……您不是给参加大德比的职业

---

① 民主过渡时期，指西班牙摆脱佛朗哥独裁统治，向自由民主国家转变的过程，通常被认为从 1975 年 11 月 20 日佛朗哥去世、国王胡安·卡洛斯一世登上王位开始，至 1982 年 10 月 28 日西班牙工人社会党（PSOE）赢得大选宣告完成。

② 埃米利奥·罗梅罗（Emilio Romero），西班牙极富影响力的政治记者和作家。1964 年他出版《致王子的信》，书中用书信体对当时还是王子的胡安·卡洛斯提出西班牙存在的很多问题，包括他在登上王位的过程中可能遇见的问题。1973 年在胡安·卡洛斯继承王位几成事实之际，他又出版了《致国王的信》，书中向胡安·卡洛斯提出很多佛朗哥死后他会面临的问题。

③ 费尔南多·萨瓦特尔（Fernando Savater，1947— ），西班牙著名生活哲学畅销书作家，1991 年（即本书出版前一年）他出版了写给自己的儿子阿玛多的《阿玛多道德准则》。所谓《国王道德准则》正是戏仿了这本书的名字。

赛马师或者理疗医师都写过这种东西吗？国王不过是又一种职业罢了。”

王后面对卡瓦略缺席奥运会现场的事实不知所措，而菲德尔·卡斯特罗没头没脑的一句评论更让她不解：

“那个胆小鬼会钻到哪儿去呢？”

布什更是一头雾水地问：

“刺杀肯尼迪①的人住在西班牙，而且还不来奥运会？”

不过布什自己也没有亲临奥运会，他得准备向某个国家宣战来摆脱自己选民数量急剧下跌的局面②。国际奥委会（国际奥林匹克委员会）主席萨马兰奇倒是的确出奇愤怒：

“怕的就是这个！我就怕这种卡瓦略式的蔑视，最尊贵的、最伟大的佛朗哥将军③管这叫知识分子无休无止的目中无人，这就是又一力证！一点都不考虑有多少国王会到场，而陛下您又对他如此看重。”

是时候该拒绝消费民主闹剧、消费现代性的圣剧小品了，这种文化和华特·迪士尼那一套没什么区别。全世界都被唤起极大的好奇心，想试试这场有组织的盛会有多大能耐，让这个国家步步逼近危险，快被小天神们④问题重重的北方吞进下水道了。

---

① 此书即作者的卡瓦略系列侦探小说的第一本，同时也是成名之作的《我杀了肯尼迪》。

② 老布什最著名的政绩莫过于1991年发动海湾战争，然而重外战而轻国内经济，让他在1992年秋天的总统大选中败给了比尔·克林顿。

③ 萨马兰奇早年服役，并加入佛朗哥将军为总首领的西班牙长枪党。他的政治生涯也开始于佛朗哥独裁统治时期，曾任西班牙体育大臣、巴塞罗那省政府议会主席等职。以巴塞罗那为首府的加泰罗尼亚人将内战时期遭到长枪党的迫害残杀和佛朗哥统治时期对加泰罗尼亚民族的压制视为民族耻辱，因此对身为加泰罗尼亚人、又为独裁政府卖命管理巴塞罗那省的萨马兰奇始终怀有极大的不满，从此处的讽刺可见一斑。

④《小天神》是英国科幻作家特里·普拉切特的一部小说。

人类生活与人类历史曾经肆意剥夺过他的准入权，留给他唯一的回应方式就是保留参与权。卡瓦略享受着自己秘密的、不为人知的反叛，深信自己躲开了外界的任何追踪盯梢。他没能理解“重在参与”这句奥运口号中暗含的法西斯诡计——那是民主又行善的“老大哥”① 发出的口号；他也没理解那句极具威胁性的“我们相信你”②，这是现任国际奥委会主席在多年前担任佛朗哥“尚未公开”③ 的体育大臣时冥思苦想的成果。

在这三个星期里他可以再三思索一下自己的种种颓唐以及恰罗的离去给他内心风景留下的空洞，虽然也许他混乱的根本原因在于如果她还在他身边，就会选择安道尔作为情感流放地；那就是个家用电器仓储谷，还是说世界上其他地方也是伪装过的、装满家用电器的山谷，却只有安道尔有勇气真诚地承认这一点？而且，他的孤独猎手的心在疼——他刚在自己的记忆屏幕上看见这个标题，就烧了卡森·麦卡勒斯那本同名小说④，在上个案子的希腊迷宫里他没有找到克莱尔的可能⑤，或者是因为他对任何事任何人无用的野心与他察觉到的毕斯库特想飞走的愿望之间的落差——毕斯库特注册参加了各种函授培训班，还在收集旅行社的广告册。

“头儿，哪天我们该去环游一下世界。我想试试是不是真的

---

① 老大哥：乔治·奥威尔的小说《1984》中的独裁者形象。

② “我们相信你”：1967 年萨马兰奇在担任西班牙体育教育与体育部国家代表期间重点建设体育设施，提出了“我们相信你”这句口号激励年轻人参与体育运动。

③ 此处原文为拉丁语。

④ 美国作家卡森·麦卡勒斯的代表作《心是孤独的猎手》。

⑤ 参见卡瓦略侦探系列的上一本小说《希腊迷宫》中的相关情节。

可以在八十天内完成。”①

“你要是不能在八十个小时内完成我就不放你去……没人允许你用八十天。没看到后面排着长队，大家都冒着从世界尽头掉下悬崖的危险向前推搡吗？”

恰罗警告过他：“你正在变聋。”但是当时卡瓦略将这句评论归咎于女人都想把伴侣变小以便更容易吞噬。现在恰罗已经选择了自由，他却怀念起她传统的看管，这种伴侣的投入尽管并不典型，而且琐碎无比，却传递给卡瓦略一种有人在关心他的错觉。不过在某种程度上恰罗是对的，因为在巴维德莱拉的家中闭关的卡瓦略确实没听到门外各种忙于自报家门的嘈杂。突然之间，正门被一只军靴狠狠踹了一脚，胶合板破出的洞接着又被完整的一套军靴扩大，最后大到足以让一支由各界人士组成的强突部队侵入卡瓦略家：伞兵、武警、民警、私人警察、混合警种、消防队员、主业会②在编会员、健康食谱专家、苏格兰风笛手、航海俱乐部会员、皇家社会主义孤儿、童子军、夜店门童、没负罪情结的同性恋、有成长问题的雅皮士、年轻的男女哲学家、还有一群社会学家，他们拥护一般过去、过去完成以及过去未完成以至无法设想的未来。靴子，靴子，靴子，加上年轻男哲学家们穿的“仕品高”③牌帆船鞋和年轻女哲学家们穿的“看步”④牌帆

① “八十天”一说出自法国小说家儒勒·凡尔纳的作品《八十天环游地球》。

② 主业会（Opus Dei）：全称是圣十字架及主业社团，是一个总部设在罗马的天主教自治社团，鼓励社会各界的基督徒在俗世生活中依照信仰而行，并将基督的福音传播至全世界。

③ 仕品高（Sebago）：美国著名皮具皮鞋品牌。

④ 看步（Camper）：西班牙时尚品牌。

船鞋——穿这些不那么标准的鞋是因为他们自然而然的表现型简朴，还有拥护一般过去、过去完成和无法设想的未来的社会学家出于他们天生的不完美主义穿出的鞋。

卡瓦略尽管只穿了一条内裤却还是遭遇搜身，而且被用上了“科尔库埃拉[①]法案”——公民安全法的诨号，是被“科尔库埃拉”化的欧洲民主新法案正在“科尔库埃拉”进程中的小科尔库埃拉西班牙版，法案以抵抗毒品贩运为借口，其实是用来抵御中国人的未来入侵。

“我能套件外衣吗？”

“没有明确许可，就应该被不明确地禁止。”

“薄布短衫[②]呢？”

“奥运期间您不能间接宣传古巴共产党。奥运之后更不能。那会冒犯自由和多数感情。”

用歌唱家声音说出这话的人是常年围绕在内政大臣身边的智囊团里的一位社会学家，具体说来，就是贴身男仆社会学家，主攻方向是后现代社会着装。卡瓦略被强制穿上一套从某个玛莎百货之类的大型仓储清仓甩卖时淘来的夏季西装，随即被带上一辆装甲箱式货车，没有海景或者任何其他景，就这样驶向未知。指挥此次行动的美国伞兵上尉试图用手里的注射器阻止卡瓦略任何形式的抵抗。

---

① 何塞·路易斯·科尔库埃拉（José Luis Corcuera，1944— ），1988年至1993年间任西班牙内政大臣，“科尔库埃拉法案”是指他在1992年2月21日颁布的保护公民安全的法案。

② 此处的薄布短衫是中南美国家常见的男士服装，因为包括查韦斯和卡斯特罗在内的多位拉美政治人物都在公开场合多次穿着此种短衫而具有了政治意味，因而下文会联系到古巴共产党。美国前总统里根和老布什在迈阿密造访古巴移民社区时也曾经身着薄布短衫。

“你敢动我就给你打未知病毒。”

“跟我说说是什么病毒。我都感兴趣。”

“你要是感兴趣，我就把你变成另外一个人。我又不是红十字会的。去他妈的红色！该死的破坏分子！我们难道赢下冷战和细菌战就为了这个？就为了像你这样没劲的人把大家弄泄气了？——本来都是一群愉快、幸福、俏皮话连篇的人，而且能平和对待自己的意识和局限。”

装甲车抵达目的地。上尉给卡瓦略头上套了一顶对他自己而言有特殊感情意义的蒙面帽：劳尔·森迪克①教乌拉圭政变分子在折磨基督教界敌人的时候戴的正是这顶帽子。

“劳尔·森迪克是个伟大的犯人，我很认可他，而我对他的敌意是因为他下令图帕马罗军做掉了我们在蒙特维迪奥的特工米特里奥尼先生。当时我问森迪克先生能不能把这顶蒙面帽留给我，但是信号条件太差我没听懂他的回答，不过反正他也没发出任何外在信号表示反对。”

卡瓦略此时也没法发出任何外在信号表示反对，内心深处他觉得自己已经死了，就像确实已经死了的劳尔·森迪克一样，他意识到自己正在彼岸的混沌黑暗中，在他过去一小块已完成的地方寻找森迪克。卡瓦略确信自己在某个提供给完美消失者的房间一角看见了他，也就是那些在死亡无限的帮助下完美地消失的人。就在这时，卡瓦略的蒙面帽被摘掉了，他站在一套传统布景极具威胁的灯光下，认出面前一小群手握大权的人。这些人围着

---

① 劳尔·森迪克（Raúl Sendic，1926—1989），乌拉圭历史上最著名的马克思主义者，乌拉圭城市游击队图帕马罗军的创始人。

一个圈，圈中央是国际奥委会主席胡安·安东尼奥·萨马兰奇。萨马兰奇当初是个富家青年，用“萨马兰奇小子”的名字参加拳击比赛，加上后来那些法西斯主义的事儿，让他有了一只几乎毫无疑问是被某个无产阶级拳头压扁的鼻子——如果拳头有阶级意识的话。不过他举手投足都很有教养，这是在自身所处条件下理性雕琢的成果，而且他也已经当了许多年世界加泰罗尼亚人①。所有的加泰罗尼亚城镇都掰着手指（为了不落下任何一个）数自己的居民里能有几个会在某个最意想不到的日子登上《纽约时报》头版，或者亮相埃德·沙利文脱口秀节目②。萨马兰奇已经取得了这样的地位，他是第一位跻身世界加泰罗尼亚人名录的佛朗哥主义者，萨尔瓦多·达利③原本可以与他竞争这个如此奥林匹克的位置，但是这位加泰罗尼亚画家在成为佛朗哥主义者之前早已全球知名。萨马兰奇则不同，他是先当上佛朗哥主义者，然后开始鼓吹自己的加泰罗尼亚人身份，最后一举成为世界化的加泰人得益于那帮快乐的国际奥委会成员和自己同胞形而上的焦虑——加泰同胞们的心结在于当时仅有的世界加泰罗尼亚人只剩下几个立场不坚定的网球选手和几位歌剧艺术家。萨马兰奇就这样彬彬有礼又充满压迫感地对卡瓦略说：

“卡瓦略，奥林匹克需要你。”

卡瓦略开始严重怀疑萨马兰奇是否能接收到暗示信息，此

---

① 指全世界知名的加泰罗尼亚人，能让加泰罗尼亚更广为世界所知的加泰罗尼亚人。

② 总部设在纽约的美国哥伦比亚广播公司（CBS）电视台20世纪50至70年代最著名的脱口秀节目。

③ 萨尔瓦多·达利（Salvador Dalí，1904—1989），20世纪著名西班牙加泰罗尼亚画家，以其超现实主义画作闻名于世。西班牙内战后他公开表示了对佛朗哥政权的示好，他与佛朗哥本人相识，并为佛朗哥的孙女画像。但是关于他的相关政治立场的真诚性一直颇有争议。

时此刻自己正做出亨弗莱·鲍嘉最简单的几个表情之一，胃溃疡疼痛不已时常做的那个，小声挤出几个字：

“需要我做什么？”

“一切都指向我们正面临一场精心策划的奥林匹克阴谋。”

“基于什么的阴谋？”

“约翰逊，那个牙买加裔短跑选手，加拿大国籍，汉城奥运会时在百米飞人大战中夺得个人首金，后来因为兴奋剂问题被剥夺了金牌……”

“然后呢？”

“他刚刚赢下百米短跑决赛，就在这里，在巴塞罗那。”

“新纪录？”

“他跑完一百米只用了6秒40。”

萨马兰奇几乎没能说完话。国际奥委会主席周围掀起一阵未遂的眩晕，涌向在场的其余政府官员。他们所在的这个寒冷的地下大厅是依照用来折磨美国联邦情报局特工的地下室规格装修的——克格勃在季度末①以清仓大甩卖的价格在全世界兜售。萨马兰奇的夫人（人类普遍称呼她碧比丝）作为西班牙驻莫斯科大使的夫人②期间，对室内装潢设计品位与历史感受力得到了绝佳熏陶，由于前苏联气候寒冷，她必须用一份份《真理报》加强皮大衣的保暖效果，可谓告别气候困扰的完美方式，只是显然这种方式也让报纸上的言论就近传入皮肤，又经由她灌输给自己的丈

① 指1991年12月25日苏联解体，意味着克格勃作为前苏联情报机构使命的结束，日期又恰逢圣诞节，欧洲国家各大商场卖场开始年度清仓大甩卖的时间。

② 萨马兰奇于1977年至1981年间出任西班牙驻前苏联大使。

夫，让他觉得告知坏消息只在这样的地方才最合适。

“胡安·安东尼奥，好消息在安娜斯塔西亚公主[①]的宫殿里说，坏消息要放在克格勃的地下室里说。”

在奥运会纪录方面不太跟得上潮流的卡瓦略终于明白过来，跑一百米只用6秒40简直就是挑衅。不管怎样，这就是鼓励伪造基础体育项目的意义造成的后果，田径和游泳曾经是人类起源时用来对付“捕猎与被捕猎”的技能，现在却变成体育场馆里小打小闹的追逐。

“他过了药检吗？”

“完全没问题。一毫克违禁成分都没发现。”

“一个符合规则的例外。”

“还不止这件事。”

这个克格勃风格的地下室里遍布苍白脸色，萨马兰奇接着说：

“经发现……”

“不，胡安·安东尼奥，不要说……”

反对国际奥委会主席继续说下去的是英国的安妮公主，不过尽管她的骑手马鞭（曾经多少次抽打在她前夫以及两个妯娌身上）已经高高扬起，威胁着国际奥委会的完整性，萨马兰奇还是继续说：

“经发现，黑人运动员代表团中有百分之四十都不是黑人。”

一阵巨大的“噢”从国际奥委会几近全体成员国的首脑中间爆发出来，听起来像质量极为糟糕的液化气在打火。安妮公主

---

① 安娜斯塔西亚公主：1917年俄国革命爆发时，俄国末代沙皇最小的女儿。

只能咬咬下嘴唇，与一般描写此类自控场景时会说的“咬了咬两片嘴唇”不同，显然不可能实现一次咬两片嘴唇，而用下牙咬上嘴唇的动作实在是明晃晃的粗俗，几乎滑稽。

“看起来，许多白人运动员运用迈克尔·杰克逊那小子做过的事的逆技术，把自己变成了黑人。这不仅提高了公众的接受度，尤其是速度竞技项目、中长跑、篮球、还有足球的边路，而且他们一改变肤色，体育竞技成绩也提升了。可是，想想这个丑闻吧。肤色真实性可疑的运动员创出反自然的纪录，而真正的黑人运动员却没有……而且可想而知，错乱的章节并非到此为止……所以我们需要您，卡瓦略。”

“奥林匹克给我造成形而上和具体的焦虑。”

萨马兰奇打了个响指，立刻赶来一位皇室私家心理医师。

“请解决这位先生形而上和具体的焦虑。”

心理医师不信任地打量着卡瓦略。

“我来看看……把舌头伸出来……”

他带着一定的厌恶情绪观察了卡瓦略的舌头，耸耸肩说：

“这一切我听起来像天方夜谭一样，形而上的焦虑是什么？弗洛伊德在《抑制、症状与焦虑》一书里研究过无意识焦虑，另一种是真正的焦虑，弗洛伊德称之为‘真实恐惧’。这就是最基础的两种焦虑，此外草草说来还有主观焦虑，如果我们把重点放在引发焦虑的对象上，就能列出更好的清单：视觉焦虑、小考焦虑、大考焦虑、发声焦虑、学校焦虑、情境焦虑、情况焦虑……我是个致力公共健康的心理医师，我们不是为了什么形而上的蠢话存在的。”

萨马兰奇激烈地表达了对这位科学家的愤慨：

"客户永远有理。"

他转向卡瓦略，隐忍而心事重重地挑挑眉毛说：

"您别在意。我们理解您，您帮助我们，我们也帮助您。您很焦虑，所以我们希望您接下这个案子。科尔库埃拉并不焦虑，但是他需要您从一个焦虑且私人的视角，对这件事进行平行而时有交叉的调查。没人能想到您会开展一项与官方同步的平行调查。我们会随您所想付给您酬劳，但是您要理解我们，这是一场哲学的慈善运动。"

面对这样的定语，国际奥委会好几位成员都没能抵挡住大笑的袭击，甚至有一位笑得前仰后合摔到地上浑身发抖地说着这什么玩意儿。这些人出身贵族，从小就知道自己没必要克制情绪。卡瓦略盯着他们的脖子看，好像自己的眼睛能把这些脖子看得变回断头的样子①，不过他们还是继续在地上笑着，小口抿着陈年的洛坎多②佳酿，依照好莱坞战后喜剧电影里醉醺醺的半吊子艺术爱好者确定自己的饮酒标准，他们用着镶嵌珍珠的金质扁酒瓶，这是国际奥委会在庆祝发现玛雅篮球500周年③时赠送给所有成员国的。

"就算不是为了钱，为了爱国主义接下这个案子吧，不管这个爱国主义是冲着加泰罗尼亚、西班牙还是奥林匹克。"

---

① 隐射法国大革命时期法王路易十六被送上断头台。

② 洛坎多（Knockando）：又译"那康多"酒，是隶属J&B公司的苏格兰单一纯麦威士忌品牌，其名字在盖尔语（Gaelic）中意为黑色小山丘，是苏格兰高地上的一片地区。

③ 举办巴塞罗那奥运会的1992年恰逢哥伦布1492年发现美洲大陆500周年，西班牙政府为此进行了许多重大的庆祝活动（尤其是在哥伦布发现美洲的纪念日，即西班牙国庆日10月12日前后），这一举动引发了拉丁美洲诸国极大的不满和愤慨，尤其是因为西班牙殖民而消失的玛雅、阿兹特克等古文明所在国，他们认为西班牙大肆宣传所谓的新大陆发现500周年纪念是对他们的不敬，对他们而言那是耻辱日500周年纪念。此处作者正是借机隐射讽刺这件事。

第三个谄媚者站了出来，他的名字在国际奥委会官方谄媚者、仆人和诗人的名录中赫然在列。

奥林匹亚源自人类财富
又变回人类财富仿佛一场众神
游戏，落下时从奥林匹斯山上
立起人类的雕像
人类是输家，也可以被打败；
都是尘土，失败中咬住的尘土
或者胜利女神唇间金色的尘土
尘归尘土归土，却是钟爱的尘土。

安妮公主用目光控诉这个不识时务的人，萨马兰奇咬紧牙低声说：

“别犯傻！”

西班牙财政大臣从阴影中走出来威胁道：

“卡瓦略，您要是不合作，我就派人去调查您的财产！”

他又消失在阴影里，卡瓦略觉得自己在做梦，可惜不是，他真的站在奥林匹克堡垒的中心，因为从楼上传来了蒙特塞拉特·卡巴耶[①]尖锐的声音，她正在饭后排练奥运会的主题曲。

---

① 蒙特塞拉特·卡巴耶（Monteserrat Caballé，1933—　），西班牙著名女高音歌唱家。她原本要在巴塞罗那奥运会开幕式上和世界顶级摇滚乐队皇后乐队的主唱弗雷德·墨丘利共同演绎主题歌《巴塞罗那》，这首歌问世于1988年，由墨丘利和迈克·莫伦创作。然而在巴塞罗那奥运会开幕前一年墨丘利不幸去世，卡巴耶因失去挚友而拒绝在奥运会上与其他歌手合唱这首歌。所以巴塞罗那奥运会开幕式上现场演唱的主题歌是《永远的朋友》，而《巴塞罗那》的绝版录音作为“巴塞罗那”风光片的配乐播放。

“我要你们把我巴维德莱拉的家旁边那些支撑福斯特通讯塔[①]的电缆都剪掉！”

这一次，从国际奥委会成员国首脑及其他龙套角色那里发出的“噢”声（还是像质量糟糕的液化气火舌）不是因为惊呆了，而是因为焦虑。只有那位官方诗人敢于正面对抗卡瓦略。

“叛徒！你想击垮我们千辛万苦才攻克的现代化的物质象征！”

“把我家前面这个现代化的东西给我去掉，不然我就不答应。”

“这座城市从现代化王子与建筑师虔诚的联盟中受益良多！”

萨马兰奇只是眨了眨眼，命令这位榜上有名的诗人闭嘴，然后同意了卡瓦略的要求：

“那座塔会倒的。”

“我只要这一件事情就行了。它从远处看太有欺骗性。从近处看完全是矫形外科现场。支撑它的每根电缆都像一根拐杖。不过，要是最后塔没倒，就把它拉倒。等到 2001 年，通讯依靠一面上好的非洲鼓就够了。”

“先让奥运会过去，不然我们没法传送广播信号。”

“行吧。现在我要知道目前形势的具体情况。”

萨马兰奇打了个响指，在场人员里的解释专家播送了一份试图模仿史诗戏剧里最怪癖常规的报告：“一切从奥运火炬在奥林匹亚市被抢的那刻就开始了……第一棒……奥林匹斯山上宙

① 指的是英国建筑师诺曼·福斯特（Norman Foster）于 1991 年为次年的巴塞罗那奥运会设计建造的克塞罗拉通讯塔，建在巴塞罗那的克塞罗拉山脉上，主要用于电视和广播信号的传输。

斯震怒地吹出大风，却不足以阻止不祥的征兆……火炬从奥林匹亚市传递到安普利亚斯市①的漫长旅途……后来是全西班牙境内……直到终于抵达巴塞罗那……一路上人员失踪……公路事故……水灾泛滥……”

“失踪？”

卡瓦略挑起一边眉毛，格里高利·派克总是用这个动作来表达感情、没有感情、抵触的情绪、激情、同情、本能、动容、坦诚、客气、激动、热情喷涌、内向、外向、心理创伤、高兴、厌恶、痛惜、忧伤和困惑，尤其是困惑。

顾拜旦男爵相信教育改变行为，因而也能改造行为。工业革命引发劳动人民从农村向城市迁移，曾经由与大自然抗争的法则决定的体育运动被限制在工厂坚不可摧的房间和工业工作大纲的预设里。除此之外，新兴工人阶级聚居在满是资产阶级和贵族的街区，健康状况不好，卫生保健环境也很糟糕。有意思的是，19世纪的施善者发明社会体育是为了让工业奴隶更加不幸福，而开展国家之间的体育竞赛实际上是为了表明和平是战争的延续，必须为了将来军事上的杰出战绩坚持训练。训练精良的社会大多数平时产量更高，万一那场终究无法避免的战争爆发，他们也会杀得更多。工业革命的主导国家集团就是这样想的，如果

① 安普利亚斯市（Ampurias）：西班牙加泰罗尼亚自治区的一座地中海沿岸古城，公元前575年由古希腊人建造，取名'Εμπόριον，意为“市场”。后被罗马人占领，中世纪早期逐渐没落。1992年巴塞罗那奥运会的火炬传递到西班牙境内第一站就是安普利亚斯市。1992年6月14日晚上9点整，奥运圣火在经历了5天的旅途后从海上抵达安普利亚斯。

让一位思想家在奥运前夕充满奥林匹克铭文的氛围中发声，都不用是马克思主义者，只要最低程度的知情，他一定也会这么说。不过批判精神被认为是西班牙获许承办奥运会的敌人，甚至可能是那些阴险的亲法分子的精神后裔——他们拥护将这届奥运会给巴黎办，或者，没有巴黎的话，给任何一个距离任何一个西班牙城市都超过一千公里的城市都行。对面那些反奥林匹克的马克思主义者已经撤下国际阶级斗争前线阻挠议事的恶棍主义，为了反抗奥林匹克竞赛的积极主义战斗……

“你宁可用该隐的谋杀表达人类分化，而不用天使般的亚伯象征竞赛！①”

“……可以证明19世纪体育和卫生保健哲学的推动力来自启蒙精神现代化开端的成果，譬如西班牙的阿莫罗斯上尉②，这位政治家在拿破仑军队战败的余波中流亡法国，是一个自由主义者，也是体操专家。他在法国各处鼓吹一种类似瑞士体操的运动，只是没告诉法国人这种体操是瑞士的。还有托马斯·阿诺德③，这位英国教育家用一些诸如训练、身体能量、为了看见长出的肌肉群而忍受艰辛、体育比赛无论胜负都要尊重对手等说法

---

① 典出《圣经·旧约·创世记》第4章1至16节。该隐和亚伯是世上第一对人类亚当和夏娃的两个儿子。《圣经》记载该隐因为耶和华看中弟弟亚伯的奉献而看不中自己的，大为愤怒，在田间把弟弟亚伯杀害，受到了耶和华的重咒惩罚。该隐是世上第一个由人类生出的人类（亚当夏娃是上帝造的），也是人类历史上第一个杀人犯，波德莱尔在《恶之花》中《亚伯与该隐》一诗中将该隐视作世人堕落的完全代表；而被杀的小儿子亚伯是人类历史上第一个死去的人类，在天主教传统中有时也被视为第一位殉道者。

② 弗朗西斯科·阿莫罗斯（Francisco Amorós，1767—1848），西班牙军事家、教师，法国和西班牙体育教育的发起人和组织者。他是很多体操规则的作者，在马德里开办了体操学校。1814年拿破仑在西法战争中失败之后，他去法国教体操，五年后开办了公民体操与军事师范学校。他出版过《体育、体操与道德教育指南》。

③ 托马斯·阿诺德（Thomas Arnold，1795—1872），英国教育家、历史学家，曾任板球学校校长，实施了一系列体育教育改革。

和概念欺骗了英国人传统的学识，使他们在社会契约或国际契约断裂的时候自食其果。年轻的皮埃尔·德·弗雷迪继承了阿莫罗斯和阿诺德的衣钵，他更为人们熟知的名字是顾拜旦男爵，这个烂糊的名号在说到是指谁的时候要格外注意。说顾拜旦男爵是个和平主义者完全是假话。他是个法兰西帝国主义者，是法国面对大英帝国进行自身国家主义扩张的担保人，所谓的和平主义是随着年龄增长而来的，就像好脾气往往来自无能为力的身体和没法产生坏情绪的头脑。

卡瓦略思考着这一切，将顾拜旦预想的理想主义奥利匹克和萨马兰奇及其手下干将主张的商业化奥林匹克（要是有合适的赞助商，他们都准备把扑克牌变成奥运项目了）进行了一番比较。这次的阴谋难道是男爵的干尸因为奥林匹克精神堕落很不高兴而使出抗议招数？这种可能性最大，不然，这阴谋又会从何而来呢？换作顾拜旦的时代，还可能是某些运动员因为被迫展现理想主义而愤愤不平，或者因为某个大国陷入奥运会举办国的组织性失败。但是在萨马兰奇的时代，最合理的解释是恐怖主义密谋，或者某家赞助商因为奥组委选择了竞争对手家的可可粉品牌而表达怨愤不已的坏心情。阴谋清单最终指向决疑论。但是恐怕约翰逊超自然的纪录也不过是汉城奥运会丑闻之后内在身心处于绷紧状态的外在产物，运动员在这种状态下升华出超人类的力量。罗马教皇还没完全从肿瘤手术中恢复过来，就已经从自己的约旦河里舀了水①，并言辞凿凿地说他为约翰逊祈祷过很多次，

① 典出《圣经·新约·福音书》，施洗约翰是用约旦河的水给世人施洗，除去罪孽。

希望上帝在这位离经叛道的运动员身上彰显宽恕的大能，尽管最新一版的罗马教皇教理手册中并没有把服用禁药算作罪，还是可以宽恕的。

假黑人运动员的花招是不计任何代价也要功成名就的文化堕落的产物，也是非要证明表里如一的后果。这里面最传统的犯罪就是那些失踪的人了，失踪的人多种多样堪比两次大战之间出现的超现实主义诗歌中混乱的列举①：社会主义市长，奥利韦拉城②的修女，皇家马德里俱乐部总监，运气糟糕的小贪污犯，还有假扮成总工会③卡车司机的伯纳德·亨利·列维④，他刚从萨拉热窝过来，之前他在萨拉热窝和密特朗一起当马尔罗⑤的“盆栽”，却很令人惊讶地变成了一尊戴高乐的“盆栽”。好在当地媒体听从了国际奥委会和西班牙政府的命令，为了西班牙的现代化和奥运会的成功举办，只传播必要的真相。而那些不稳定的因素，无论是否自愿，都只有簇拥在政体周围的有限的一小群人知道。如果这次阴谋是一场谋反的结果，那些参与谋反的人感兴趣

---

① 两次大战之间，为表达“一战”之后带来的“不安定感”而出现在法国并进而影响西班牙的超现实主义诗歌崇尚潜意识的作用和自动写作，主张诗人不参与主观考虑诗歌字里行间、意象之间是否存在理性逻辑联系，因而经常会出现完全没有任何常理逻辑联系的一系列事情、句子、意象的罗列，譬如，伞和缝纫机。

② 奥利韦拉城（Orihuela），位于西班牙阿里坎特省，拥有圣多明我修会的教堂。

③ 总工会（CGT）：西班牙总工会是一个工会组织联盟，1979年民主过渡之后成立，前身是隶属于国际工会组织的国家工人联盟（CNT/AIT）。

④ 伯纳德·亨利·列维（Bernard Henri Lévy，1948—　），法国著名哲学家、小说家，1976年“新哲学家”运动的领导者之一。90年代初期（这本小说的时代背景下），他是最早呼吁干涉波黑战争（1992—1995年）的法国知识分子之一。本段提到的萨拉热窝正是波斯尼亚和黑塞哥维那的首都，曾经在1984年举办过冬奥会，90年代在波黑战争中遭到塞尔维亚人持续数年的包围，是现代战争史上时间最长的围困战。

⑤ 安德烈·马尔罗（André Malraux，1901—1976），法国小说家、评论家、政治活动家，曾任戴高乐时代的法国文化部部长。

的不过是让人认识自己。或者他们只是想提出表面的警告，目的是拖垮国际奥委会的耐心？所有的真相都说出来了吗？还是那些阴谋实施者与赛会负责人已经密订了某种协议用来支付敲诈？要是这样，为什么他们还要用这么迅捷有效的方式找卡瓦略帮忙呢？侦探已经在这些承蒙什么奥林匹亚圣灵指引的运动设施中间转了一大圈。他闻到了许多餐馆为运动员和媒体记者准备的食品，发现奥运会丝毫没有为人类欣赏力的解放做出任何贡献：快餐、蛋白质、维他命和纤维，随便混在任何一样东西里；他格外留意任何显眼的参与者，想查明有没有哪个有嫌疑的赞助商潜入奥运会，尤其是伊斯兰世界的参会者，以防这场阴谋来自南方教派对北方教派的复仇，他甚至开始考虑“去找那个女人……”[①]这个俗套的禁忌程度，就像是把侦探小说中的犯罪归咎于流浪汉（一般是外国人），那种有草坪、管家奉上一杯上等的、总是上等的波尔图葡萄酒、房间从里面上了锁的犯罪，就像阿加莎·克里斯蒂的侦探小说那样事先调停好。

那民族恐怖主义呢？加泰罗尼亚独立分子？巴斯克独立分子？加泰人可以排除了，因为他们已经达到目的：可以在开幕式上当着西班牙国王的面唱他们反西班牙的“国歌”，还争取到百分之十五的观众对国王发出嘘声（只要他们克服心中对君主制的喜爱）。国王为此专门查看了他的“在位国王及王储永久职业培

---

① “去找那个女人”（cherchez la femme）：这句话最初是指侦探小说中一个用烂了的情节，即无论案子是什么，总是因一个女人而起，后成为法语中的固定俗语，意思是无视事情的个体特殊性，一概自动去同一个根源找原因和解释。原句出自法国作家大仲马的小说《巴黎的莫西干人》，第一次出现是“去找那个女人，噢，去找那个女人！”，大仲马本人对这句话的解释是：“每个案子里都有一个女人，他们一向我汇报，我就说：去找那个女人。”

训”笔记，读到如下建议之后批准了这件事：身在哪里，就跟那里的人唱一样的歌，补充说明：如果你是优秀的航海家，就知道国旗只在战争的情况下有用（还不是永远有用）。和平年代，唯一必须的旗帜都是象征性的。仿佛这些建议还不够，国王又去咨询了加泰罗尼亚自治区主席、温和的民族主义者霍尔迪·普约尔。

“陛下，您想得很周到……对我们加泰人而言，我们喜欢被重视。”

“国王也喜欢被重视。”

“真遗憾您和王后没再生一个孩子，不然如果生个男孩就起名字叫霍尔迪，如果是女孩就叫努莉亚[①]，那么您这一辈子都可以把加泰人服服帖帖地装在口袋里了。我们是非常感情用事的。”

“在危机的当口把一个孩子带到人世，而且还不是资本主义性质的危机……谁知道这危机是不是先知预言过的大危机，会不会周期性地永远持续下去。所有东西都这么贵，还再多生孩子。首先是房子那么贵。所有这些辉煌的大事件硬是把房价抬高了。再多生孩子。不，不能轻举妄动。”

“如您所言，陛下。”

至于巴斯克地区的恐怖分子，他们可不敢把自己的国际形象定义为颠覆扰乱者，那样就没有哪个国际恐怖组织甚至哪怕是残余的力量肯为他们担保了。

“有些现象是无用的，比如约翰逊的纪录，推理不出什么来……那些失踪才是问题的实质所在。”

---

① 霍尔迪（Jordi）和努莉亚（Nuria）是加泰罗尼亚地区最常见的男名和女名。

卡瓦略在听完萨马兰奇的介绍之后，这样说道。但是这位国际化的加泰人似乎并不为那些失踪的人所动，毕竟记者们已经撤退了。他不动声色地往侦探口袋里悄悄放了半张支票，面额是五百万塞内加尔法郎①。

“另外半张等您工作完成就给您。”

尽管从法国1815年的复辟②到瓦文萨③在波兰上台执政，理性带来了太多灾难，卡瓦略有时还是会当一回理性主义者，决定接下这个案子。他回到家，重建自己漂亮的烹饪之家，煮一份香料腌制的菜豆什锦作头盘，主菜是法式鹅腿。然后，卡瓦略用一本安德鲁·梅尔塞·瓦雷拉④写的奥林匹克信息小书在壁炉里生了一堆火，在巴塞罗那七月潮湿逼人的燥热下，火烧得很轻，像礼仪一样不合时宜，这本名为《从奥林匹亚到慕尼黑》的书足够了。卡瓦略正盯着火堆看、指望它熄灭，门铃响了。从他这幢位于巴维德莱拉的别墅房间窗户看出去，门口站着一个总体而言很模糊的人形，那个人穿的衣服更加重了这种模棱两可。是件风雨衣吗？很可疑。不过，卡瓦略自言自语地说，要是我都可以在七月生篝火，为什么一位风雨衣崇拜者必须拒绝他最喜欢的衣服呢？卡瓦略按了一下自动开门的开关，确认手枪装好子

① 即塞内加尔非共体法郎，500万塞内加尔法郎约合7600欧元。

② 指从1815年3月20日拿破仑恢复帝位、重新掌权至6月22日拿破仑在滑铁卢一战败北被迫再次宣布退位、重新被流放之间的三个月，法国史上称为“百日王朝”。

③ 莱赫·瓦文萨（Lech Wałęsa，1943— ），波兰政治家、团结工会领导人，1990年—1995年任波兰总统。

④ 安德鲁·梅尔塞·瓦雷拉（Andreu Mercé Varela），西班牙著名的奥林匹克专题记者，曾任职于法国《队报》、西班牙《先锋报》《ABC》等多家媒体，与萨马兰奇及国际奥委会关系紧密。

弹，在沙发上坐下，面朝大门——那里不多时就将出现一个面目模糊的造访者。门开得很快，门框几乎都装不下那个穿着轻质丝绸风衣的自负的大块头。来人的面孔收在阴影里，从风衣的两片翻领之间传出一个受更年期侵扰的玛莲娜·迪特里茜①的声音。

“佩佩·卡瓦略吗?”

“也许是。”

来人向前迈了一步。原来是个身体条件和同性恋男拳手一样孔武有力的女人，手里还拿着一把枪。

“这堆火是干什么的?”

这个闯入者指了指壁炉，似乎并没指望得到回答。紧接着她吟诵起来：

“我幸运的小王国

留给我这对炎热的习惯

还有一种对神话的向往。”②

卡瓦略并没有为这几行被如此准确背出的诗句打动，问道：

“是罗宾德拉纳特·泰戈尔③写的?”

而她带着宗教般的痴狂回答道：

“是吉尔·德·别德马④。”

---

① 玛莲娜·迪特里茜（Marlene Dietrich，1901—1992），德裔美国演员、歌手。1999 年被美国电影学会评为百年来最伟大女演员第 9 名。

② 吉尔·德·别德马的诗歌《童年与告解（*Infanciay Confesiones*）》的最后 3 行。

③ 泰戈尔（Rabindranath Tagore，1861—1941），印度诗人、哲学家。1913 年获得诺贝尔文学奖，是第一位获得诺贝尔文学奖的亚洲人。

④ 吉尔·德·别德马（Gil de Biedma，1929—1990），西班牙诗人、评论家，内战后的“50 年一代”代表诗人。

女人脱下风衣随便丢在地上，枪也扔在地上，站在卡瓦略面前的是一尊长着浅褐色肌肉的雕像，三点式比基尼支撑着一对此时看上去也像是充满肌肉的乳房。像是惯性使然，女人开始摆各种健美体操大赛上使用的造型，各种肌肉随着女人的大脑控制在卡瓦略面前鼓来鼓去，侦探努力回想它们的名字，只想起了二头肌、三头肌，还有笑肌——那块肌肉让人有微笑的可能，但不是面部受到挤压露出的表情，而是眉头紧锁、显得十分固执。女人完成了她的练习清单，在卡瓦略面前站定，一副等待裁判打分的样子。

“您觉得怎么样？”

“我完全不懂健美体操，而且我觉得你们这一行都是吃着毫无营养的食物长出这种身体的。其实你们都是神学家，是饮食神学家伟大的多样性中的一种。”

“一个西班牙人，一个饮食这么野蛮的国家，居然敢评论一个健美体操运动员的饮食？我们是地球上最理性的饮食了。吃什么有什么，所以我们首先选择那些有助于形成肌肉的蛋白质。什么食品里蛋白质最多呢？对虾！百分之四十的蛋白质含量！”

“根据您的理论，如果我们吃很多的对虾，就有变成它们的危险。”

“不过我不喜欢对虾，更喜欢蛋白质百分比稍微少一点但是属于肉类的食品。猪腿肉有百分之二十五的蛋白质，小牛里脊肉只有百分之二十一。鲸鱼肉，我的最爱，蛋白质含量只有百分之二十。”

女人看到卡瓦略显然无动于衷的脸上像果酱一样铺开一种

蔑视和惊恐的混合体，于是改变了策略。

“我不是什么饮食神学家，也不是任何方面的神学家。我叫薇拉·穆索维奇，我是塞尔维亚人。”

“您不介意凑合一下当个克罗地亚人吧？最近塞尔维亚人在舆论上的名声可是非常不好。”

“第四帝国[①]会支持我们的。我想参加奥运会但是他们不让。对克罗地亚人而言一切都那么容易。”

“那我想你找错门了。我在体育圈没有任何影响力，政治圈也没有。”

女人抓回自己的风衣，在衣褶里找来找去，最后拽出一个信封，完全是解体前的苏联的颜色。信封易手，卡瓦略打开来，里面是一份看标签属于克格勃秘密档案的东西。

“您怎么得到这份情报的？”

“克格勃用季度末大甩卖的价格卖他们的档案，我的一个健美体操朋友买了一批非常可人、价格也很好的，转手给了我一部分情报，好让我用来在西班牙打通门路。您是后现代主义的先驱。后现代侦探第一人。最开始是共产党，后来去了中央情报局，最后开始了私家侦探生涯。您是自己的老板。”

“我的后现代性在我处于经济和生存危机这个事实中被结果了。我正在自我改革，好能感受到马斯特里赫特条约[②]带来的社

① 直到第二次世界大战，德国历史上有过三个帝国（Reich），第一帝国是指公元962—1806年的神圣罗马帝国；第二帝国是指1871—1918年的德意志帝国；第三帝国，即1933—1945年的纳粹德国，希特勒自称第三帝国。

② 马斯特里赫特条约：即欧洲联盟条约，是1991年12月9—10日在荷兰马斯特里赫特举行的第46届欧洲共同体首脑会议上草签的《欧洲经济与货币联盟条约》和《政治联盟条约》，是欧洲联盟成立的基础。

会趋同的好处。您想从我这儿得到什么？”

“我能帮助您弄清巴塞罗那奥运会里藏着的所有谜团，而作为交换，让我参加女子一百米短跑。健美体操让女性身体具备了很强的速度能力。”

女人又开始摆造型，而卡瓦略开始犯困。他把信封还给她，打着哈欠站起身，伸了个懒腰，又打了一个哈欠，从地上捡起风衣披在面前的身体上，这身体可谓是金属质地，仿佛有一层铜质的罩子缠绕在肌肉的狂欢上面。卡瓦略从薇拉那里走开，继续打着哈欠像是在暗示什么。而那个女人完全不接受暗示，反而把一只轻柔的手掌放在侦探肩上，成功地制止了他想逃离的动作，那只手不过是表面上显得轻柔，女人隆起许多咄咄逼人的疙瘩的身体发出磁场，令人石化。

“你想和我做爱吗？”

“那想必如同斯皮尔伯格电影里的特效。”

“你就不想跟斯皮尔伯格电影里的特效做一次？”

那只手的压力变得更加坚持，迫使卡瓦略转过身来，和女人面对面。离得足够近，他确定这个女人有可能成为某个无法确定的阶段的玛莲娜·迪特里茜，范围在三十岁到九十岁之间。看上去对面的人只有眼睛和嘴唇逃过了剧烈的体操训练，卡瓦略把嘴唇凑上去，突然他觉得自己被推开了，这个女人羞愤地拒绝了他，转过头，低声喃喃地反复说着一句毫无新意的话：

“您该怎么想塞尔维亚女人啊！”

民族主义情怀在最不合适的时候浮现出来——各种意识形态都是这样，卡瓦略已经在自己最初和几位马克思主义女同志的性经历中领教过了，她们要是不对从批判意识上间接推崇卢卡奇①的意义发表一番看法，就没法让他解开胸罩搭扣。这种不快之事转换了文化背景，恰恰对应上时代的转变。等那些身体无论客观还是主观条件都毫不参考“现状”②就脱光的时候，就意味着在马克思主义灵魂发生了深刻的变革。

“我可以帮助你找到那些在奥运火炬传递中失踪的人。”

卡瓦略从自己多年的私人侦探经验中知道，那些最有意思的爆炸性线索格外需要听者以刻意贬低价值的方式对待，直到透露信息的人变得紧张不安，开始怀疑自己掌握的信息的重要性。毕竟奥运火炬传递这个大事件始终是公开的，一位精明的企业家竞得传递路线的独家享有权，西班牙全境一路上跑的都是有志于当火炬手的人，他们付上一千五百万比塞塔换来五百米的奥林匹克运动员版高潮。国际奥委会已经允许这项运作一直持续到亚特兰大奥运会③，他们从中获得利润的百分之三十，此外，全体国际奥委会委员每人每月一整只货真价实用黑猪腿制成的伊比利亚火腿，而被排除在外的犹太教和伊斯兰教委员接受了用独家信息交易代替那四十八只火腿，只要这些信息是独家的。此外还有一位国际奥委会委员是个老基督徒，虽然无可救药地享受猪肉，却利用对火腿莫名的厌恶换取了对亚特兰大的土地重新估价以及巴塞罗那各区将在奥运设施的影响下旧貌换新颜的信息。无论如何，塞尔维亚女人又回到了爱国主义禁欲状态，就像一位伟大的

---

① 卢卡奇（György Lukács，1885—1971），匈牙利马克思主义哲学家和文艺批评家、传统西方马克思主义创始人，将物化和阶级意识引入马克思主义哲学和理论。

② 原文为拉丁语 statu quo。

③ 1996 年亚特兰大奥运会。

塞尔维亚国家诗人吟诵的那样……

当塞尔维亚女人吻一个人
她是真的想吻他
没有一个塞尔维亚女人会
为轻浮献出吻

……薇拉又向卡瓦略靠近了一步，做好准备哪怕用上强硬手段也要说服他。

“你想让我告诉你那些失踪的火炬手都关在哪里吗？”

“你要有兴趣说，就说。”

“你是个心理学家吗？心理学是一门服务小资产阶级的科学。”

“你也许是塞尔维亚人，小姑娘，但是你也是马克思主义者。”

“很明显吗？我正在很努力地改正……但是……”

“别改变信仰……既然你已经做到了不相信真的信仰，为什么还要换成假的？”

塞尔维亚人真是很容易被弄得不知所措，尤其是这些从事健美体操的——卡瓦略看到女人怎么突然间静止了、满目惊悚地看着他，心里这么想着。有一根标枪从天晓得多么罕见的距离飞过来，从她的下棘肌①扎进去，鲜血淋漓的枪头又从胸大肌②穿

① 下棘肌：人体背部竖脊肌中最靠近脊柱的那部分肌肉中最下方的一段。
② 胸大肌：即胸肌，是将手臂拉向胸部的两块肌肉，分别位于胸的两侧。

出来，看上去，残忍得像又长出一个乳头。

好在薇拉奇迹般的肌肉构造让卡瓦略能把标枪从后面拔出来。女人短暂地晕过去了，很快转醒，努力假装完全正常。卡瓦略把染血的标枪丢进了花园。毫无疑问这标枪是从树丛里面扔过来的，无懈可击的精准度，但是受袭击后，首先还不是跑的时候，而是要止住标枪进出的两个伤口不断流出的血——比任何别的血都要结实。他们尽可能地盖住伤口，上车去找最近的医院。不过，一开上前往巴塞罗那城区的下坡路，他们就发现这座城市的地平线上不断涌现出很多奇怪的物品，好像整座奥林匹克巴塞罗那都在把全部家当往窗外扔。一路上卡瓦略捡到了各种飞行物样品：比赛用的链球、铁饼、标枪、撑杆、足球、网球、篮球、乒乓球……发生了什么？然而，让卡瓦略惊讶的这一切在薇拉那里变成了谨慎的沉默。她甚至没有对卡瓦略的如下评论做出注解：

“要是没有飞行物，城市的地平线就失去意义了。所有正在飞行的东西一定是这场盛会的一部分。”

这些从奥运场馆（不管正在训练还是比赛）逃出来的器械雨造成无数挫伤淤伤，各家医院的急救服务中心都人满为患。巴塞罗那省省长犹豫不决，不知道应该宣布紧急预案、城市租赁法还是禁酒令，全体警察都接到指示要在这些物品下落的过程中从半空中把它们捡到，这样就可以削弱正在发生的这件事的重要性，从而不在当地居民和过往游客中造成混乱。各式各样颜色的警察，绿色的、紫色的、配机关枪的、被机关枪扫射的、穿鞋的、光脚的、和蔼的、语言通的、恐怖的、平行移动的、向一处汇合的、斜插过来的……他们一拨接一拨截住卡瓦略的车，质疑他关于薇拉伤口的解释是否属实。最后，终于有一个业余警察（他在卡梅尔大学开设的克林特·伊斯特伍德[①]函授课程里学到了这个行当）鼓起勇气拘留了他们，像展示狩猎战利品的头颅标本一样把他们带到安全委员会总指挥面前，这位总指挥正是科尔库埃拉，名头很大，是结构暴力部（又名内务部）的大臣。要描述一个人总是很难，有人说科尔库埃拉的样子就像一个脾气很坏的骑马持枪斗牛士，因为每次他拿着长枪出场观众都嘘声四起，然而对于那些不了解斗牛文化的人而言，听了这些话也得不出一个描述性的结论。他的脸色总是生硬阴沉，好像堆满乱世，小眼睛探测器一样把其他人都看成犯罪嫌疑人，他的声音音调也令人不安，仿佛人类的声音一经他口即获得发出拘捕令（如果不是投降令）的条件。此刻，当卡瓦略出现，这个声音发出了最轻描淡写的命令。

“搜查他！”

搜查卡瓦略不要紧，他给自己配备了足够多的文件可以顺利通过检查，但是被标枪击中的塞尔维亚女人只带了肌肉和标枪的伤口。

“多奇怪的女人啊！”

科尔库埃拉评论道，像一个喜欢夸大初始数据的电工。

---

① 克林特·伊斯特伍德（Clint Eastwood，1930— ），好莱坞影星、导演，被誉为“城市牛仔”，开启了动作片的先河。曾主演《镖客三部曲》《警探哈里》《美国狙击手》等，自导自演《廊桥遗梦》。1986 年当选卡梅尔市市长。

“我提醒您这位女士已经失血很多，她需要尽快输血。”

大臣像看杀手一样看着卡瓦略。

“在这儿我说了算……难道您以为我是社会主义者我就是个傻瓜？还是觉得我是个肆无忌惮的革命者，厌恶一切公共秩序，热爱野蛮人的入侵？换了我，恐怕都不能下令砍了玛丽·安托瓦内特①的脑袋，至于路易十六的脑袋，就取决于时机了。”

大臣用目光寻找国王，看见国王坐在桌前，两个胳膊肘撑着桌面，正在埋头专心复习《在位国王及王储永久职业培训手册》。

“陛下，请您告诉这个臭裤裆我不是什么弑君者。”

国王这才注意到卡瓦略的出现，站起身来向他伸出手。

“哦，老天，卡瓦略……别让这堆满死人。最近怎么样？我听说了恰罗的事。女人都是这么自我，不过跑到安道尔去我觉得是个值得深思的事……党那边事情怎样？”

“什么党？”

“这听起来可像假话啊，卡瓦略……共产党啊。尽管已经不是以前的样子了，‘党’还是那个‘党’啊……有个叫亚当·斯卡夫②的、非常和蔼的波兰人跟我解释说，这是永远排在第一位的释义。”

“我的党员身份在三十年前就结束了……”

---

① 玛丽·安托瓦内特（Marie Antoinette，1755—1793），法王路易十六的妻子，法国大革命爆发后，安托瓦内特被控犯有叛国罪，在路易十六被处决9个月后的1793年10月16日，玛丽被交付给革命法庭审判，判处死刑，送上断头台。

② 亚当·斯卡夫（Adam Schaff，1913—2006），波兰马克思主义哲学家。

“别反感也别怨恨，卡瓦略……一个共产党员就像是神父，一日党员，终身党员。国王也是这样。”

他和侦探握了握手，又回到桌前继续看手册了。科尔库埃拉一副随时准备提供救助的样子。

“这老兄怎么样？有什么事他不知道……他是自己那个领域教授级别的！他就是这样！我不是个灭绝者，但是我知道如何分辨自己的敌人。我观察他们很久了。我们的小伙子们正在亚得里亚海上监视那些下等人，我们却把西班牙的后门打开让他们带着恶毒立场进来。塞尔维亚人的意识形态立场是什么样的？难道不是继续左倾吗？”

所有人都猜想最坏的结果，但是没人真的知道他们的立场是什么，似乎他们不是奥尔特加式的兼并主义者，像卡斯蒂利亚王国合并西班牙的时候那样①，做好准备将塞尔维亚变成新南斯拉夫草场上的一根麦秸秆棍。

“他们想合并南斯拉夫。这是有争议的，但不可忽视。奥尔特加说了，在所有真正的国家合并中，力量的作用不过是形容词。真正有名词实力，能推动和增强整个过程的永远是国家教义，奥尔特加管这叫‘一场公共生活的启发项目’。”

自诩来自马德里大学，总是穿“贝纳通”牌②套头衫的皇家御用助理社会学家这样说道。

---

① 卡斯蒂利亚王国是中古时代伊比利亚半岛上的一个王国，14 世纪卡斯蒂利亚王国与当时半岛上的另一个王国阿拉贡王国通过联姻合并，成为半岛上势力最大的联合王国（即著名的“天主教双王”统治时期），这是 8 世纪以来伊比利亚半岛上第一个统一的政治实体，也就是西班牙的诞生。

② 贝纳通（Benetton）：意大利著名服装品牌，最初以生产手工编织套衫为主。UNITED COLORS OF BENETTON 和 Sisley 都是他们的旗下品牌。

“我们的确是奥尔特加主义者。”

塞尔维亚女人肯定地说。

“我看恐怕不是吧，”科尔库埃拉戳穿说，“奥尔特加可是西班牙右翼阵营中的知识分子斗士之一。这个奇怪的女人果然是适用于奇怪的规则啊！”

“请注意，大臣，费利佩①可是很喜欢奥尔特加·伊·加塞特的。”

社会学家提醒道，他同时也是首相府的园丁助手，辛苦地修剪树木，又称制作盆景。科尔库埃拉皱皱眉头，打量这帮围着他的人。

“诸位这么肯定？”

他们直接递给他一台电话，接通首相本人。

“费利佩……我是科尔库埃拉……就是那个科尔库埃拉法案的科尔库埃拉……您的大臣……听着，对您来说，奥尔特加·伊·加塞特怎么样？”

对方回答的时候，大臣频频表示赞同。

“只是我觉得他有点……有点右……我必须得承认……好的，明白……明白……”

大臣挂上电话，摆出一张最神气活现的挑衅表情，以此来清楚地表达自己已经用上了奥尔特加主义的意识。

“费利佩跟我说奥尔特加·伊·加塞特是个推动现代化的人，如果他这么说了，那就是圣旨……立刻给我那一本奥尔特

① 指费利佩·冈萨雷斯·马尔克斯（Felipe González Márquez，1942— ），1982年至1993年连任4届西班牙首相，来自西班牙工人社会党（中左倾向）。

加·伊·加塞特的书来。”

那个奥林匹克社会学马屁精温和地靠近坚定的大臣，把浑身上下散发着仰慕之情的细胞组织贴在他身上。

“正好，自从我知道了首相阁下有多喜欢他以后，我永远都在身上带一本奥尔特加的书。看，今天我带的是《哲学起源与后记》。”

科尔库埃拉满意地闭上他的小眼睛。

“读一点给我听。”

奥林匹克社会学马屁精动用眼睛、嘴唇和喉结，开始念：

> 让我们想象一座金字塔，我们就扎根在它的某一个棱角尖上。然后我们开始走路，就是说向左边或者右边相邻的那个棱角尖走。这样在两点之间形成了一条直线方向。我们就这样从一个尖走到另一个尖，那么我们的步子就会画出一条直线，勾勒出金字塔的样子。突然，因为某种原因，随便什么原因，自行决定的、一致决定的或者偶然，我们停住了。原则上我们可以沿着同一个方向继续前进很多。这条直线就严格象征了我们的第一逻辑序列，我们叫它A序列……

“该死……”

大臣打断了这段话，不过立刻改口。

“我读过比这更复杂的电器说明书。不过我们还是先放一放，回到要处理的事情上。把书给我吧，作为交换，我会给你我的……”

“请当它是尊贵的礼物……”

“别说什么礼物。回头就都来找我要势力交易了……谁能回答我，这个女人是奥尔特加主义者吗？”

卡瓦略担保过比这更糟糕的事，所以他自告奋勇。大臣开始查辨真伪：

“我想想……这个臭裤裆知道什么关于堂·何塞·奥尔特加·伊·加塞特的事？”

“他的姓是复姓。”

“就这？天才，你上的是什么学校？”

卡瓦略只好牺牲了自己在救了那个年轻女人之后紧接着就反驳的意愿，开始做关于奥尔特加的独白：

“奥尔特加·伊·加塞特，名何塞，1883年生，1955年卒。出生于马德里资产阶级家庭，他是记者奥尔特加·穆尼亚的儿子，这一家人总是用复姓。他上了耶稣会的中学，后来在马德里大学学习哲学与文学。博士阶段把学习的疆域扩展到莱比锡、柏林和马堡。正是在最后这座德国城市，他听到了新康德主义者柯亨和纳托普的学说①，开始了对科学的崇敬，一种不免抒情强调的崇敬。”

---

① 新康德主义要求返归康德，创造出一种能够适应现代科学要求的哲学，其特点是对人文科学的效用理论以及政治科学的哲学理论建构具有浓厚兴趣。亨曼·柯亨和保罗·纳托普是新康德主义马堡学派的创立者，马堡学派以数学、科学指向见长。柯亨反对心理主义，认为“存在不受心理支配的事物”，认识也不只和主体相关联。纳托普主要分析了科学的逻辑基础。

科尔库埃拉与社会学家面面相觑：

“听着，你，大学问家，既然你很有学问……这个臭裤裆说的关于佩佩·奥尔特加·伊·加塞特的事都是真的吗？”

“说得不错……不过大概胡利安·马利亚斯，奥尔特加在地球上的代理人，能更加确切地……”

“嗯……这个马利亚斯在哪儿？怎么我越需要一个人就越找不到人。”

手下人从旁边把声名显赫的奥尔特加研究教授带来了，他缄默不语，因为周围的警察实在没法忍住不去探究理智生机论（raciovitalismo），把生命视为激进的现实。马利亚斯被引荐进这座奥林匹克圣殿，仔细听取了为什么要向他请教，然后目不转睛地看着卡瓦略。

“年轻的哲学家，你眼睛怎么样？”

“不年轻了，也不是哲学家。视力吗？挺好的，谢谢。”

“试试我的眼镜吧……试试……很漂亮的……我只买最好的。您知道我用哪种剃须刀吗？也是市面上最好的。拿着。您需要好好剃剃胡子了。”

他用一只手把眼镜摘下了来，另一只手从外套口袋里拿出一个电动剃须刀。科尔库埃拉没耐心了。

“行了行了，绕这么多弯子，我们永远也进不了现代化。”

“奥尔特加说了：现代化是一种精神状态。”

“我关心的是您给这个臭裤裆说的关于堂·何塞的话批了：已阅，可。”

马利亚斯把眼镜拿给卡瓦略仔细研究。

“为什么裤裆会臭，年轻的哲学家?”

“那里面有善恶智慧树。”

“我从来没想过。再把您说的关于奥尔特加的话说一遍。”

卡瓦略重复了一遍，马利亚斯用一根小指头在空中勾了一下。

“您是怎么理解那一句‘不免抒情强调的崇敬’的?”

“完全不知道。我只是记得哲学基础课上是这么说的，但是我完全不懂。”

马利亚斯有点不知所措。

“对我而言，那是一种信仰……知道吗?”

卡瓦略赶紧这么说以免反悔。

“太好了！因为信仰是理性的恩赐能让您活下去。有一个奥尔特加……”

“把这些乱七八糟的玩意省省吧！”

大臣的太阳穴抽搐收紧，窘迫而粗鲁地打断了谈话，同时要了一片止疼片。然后他对卡瓦略说：

“好吧，我们权且当她是奥尔特加主义者。她可以由您看管，但是一旦她显示出她是塞尔维亚人却不是奥尔特加主义者，您就会遭到一系列处罚，而她会被用上外国人专用的法律。”

薇拉终于得到了医治，卡瓦略塞给看守在医院的监管一盒印着罗密欧与朱丽叶的“温斯顿·丘吉尔”牌雪茄，这个监管是个小王子，国际奥委会一个委员王子的儿子。除了雪茄，卡瓦略还往他口袋里放了一张五千比塞塔的纸币。

“拿着花吧……小王子总是用着用着就没钱用了。跟姑娘们出去泡吧太花钱了。那些飞行物是怎么回事？”

那位王子狐疑地确认了一下没人看见他拿了那张五千比塞塔的纸币，确保在六个主要的可能位置上都没人会听见他即将说的话，确认自己也看过脚下和头顶之后，把嘴唇尽可能靠近卡瓦略的耳朵：

“这是个秘密。他们发现奥运会的比赛器械被人动了手脚。所有那些投掷器械：标枪、链球、铁饼……其中有一些被检查出有微型助推器……标枪里装了微型震动装置……各种球里安装了主脑和记忆芯片可以自动指挥滚动方向……简直是魔鬼一般。父亲说简直是魔鬼。先是那些运动员禁药检查的事，然后又来了这些比赛器械的事。”

“他们就准备用这个赢比赛？”

“不。别被坏印象先入为主了。这些器械跟那个无懈可击的阴谋没关系。动手脚的是另外一批人，可能是那些在赞助商竞争中落败的体育用品品牌一心想要坏了奥林匹克的名声。不过所有场地都归安德烈·奥帝管，一个意大利政客，手握宇宙各种社会秘密的老大。”

“那国际奥委会呢，他们怎么说？”

“他们说他们理解人民，但是没人可以从后门破坏国际奥委会的纯洁。”

一个病人注意到卡瓦略，把他秘密带到经过治疗的薇拉的床边。

“今晚一切保密，”那个病人放低声音说，“我知道我可以很信任地对你说话，同志。这个女人在昏迷说胡话的时候背起了

《国际歌》的歌词，还说到最后的战斗……我跟你说这个是为了组织……她是我们的人……”

病人挤了挤眼睛，握了一下拳头，从来的地方走掉了。这个世界，或者说仅仅是巴塞罗那，又一次满是内心流亡的人。

卡瓦略把薇拉留在医院里养伤，任凭她在高烧说胡话的时候唱《国际歌》，自己去了国际奥委会紧急最高指挥部的中心。他在最初几个小时奥林匹克式的偷懒这时候必须弥补起来，于是他花了很多时间看完了直到目前为止发生的所有事情的录像，国际新秩序的势力正在轰毁他家的大门。录像里他看到了必然让大多数加泰罗尼亚人和巴塞罗那人都极为满足的开幕式，那种满足程度甚至都到了引起身心地震把巴塞罗那的海拔提高了二十厘米的地步。西班牙其余的地方对开幕式的耀眼持有各种不同的意见，尤其是西班牙首都的很多部门觉得备受困扰，因为他们的国王王后是在加泰罗尼亚国歌的合唱中被介绍出来的。站在反加泰罗尼亚的反应阵营最前面的是皇家马德里的主席拉蒙·门多萨，他已经做好准备在1992—1993赛季西甲联赛第一轮巴萨对阵皇马的比赛中予以复仇。

除了首都马德里，塞维利亚人也丝毫不受巴塞罗那奥运会开幕式恢弘壮丽的诱惑，这当然因为他们不愿因此削弱塞维利亚世界博览会同等的闪耀，也因为首相费利佩·冈萨雷斯作为一个塞维利亚人，奥运会期间难得露面一次就是在表达他保守的天性，也许是不想夺走国王陛下的主角地位，也许是他本身对加泰罗尼亚人抱有来自南方人的蔑视，不信任占强大优势的北方。尽管这一盛事取得的成就不容忽视，却还是没有唤醒精神上的团结一致。这个结论是由美国国家航天航空局的卫星间谍提供的，他们还在奥林匹克阴谋利益相关方的嫌疑名单上加了一个叫作“西班牙，同一而伟大”的秘密组织，这一组织将巴塞罗那奥运会视为加泰罗尼亚分裂主义的投掷标杆。趁着涉嫌奥林匹克阴谋的利益相关方数量还没继续增长，最好还是初步总结一下明确的损害：没中选的赞助商，准备贬低巴塞罗那奥运会以求相比之下突出亚特兰大奥运会的三K党①，致力于尽可能缩小国际奥委会的中间人作用、强加自己的霸权媒体客户条款的北美多家电视台（体现在近些年的奥运会上就是美国职业男篮联盟的职业篮球运动员参加比赛，与之等同的奥运理想几乎就像是纸牌赌博玩家或者欧洲手淫杯冠军得主），还有西班牙和国际上残余的恐怖主义运动，他们坚信让奥林匹克主义的内部矛盾尖锐化是让资本主义内部矛盾尖锐化的唯一可能途径。还有不知道做什么才能表达自己的寡妇之悲苦的摩纳哥公主卡洛琳娜②，对国际奥委会极为愤慨的安德莱奥蒂③：这是所有公开或秘密的组织里唯一还没有给他提供主席职位的国际组织；两个黑手党，拉桑塔和拉奥特拉；美国中央情报局里的不稳定部门，要想让中央情报局的稳定部门正常运转，这个不稳定部门必不可少……马德里人是假想敌，而塞维利亚人正如前文所说。萨马兰奇用怀疑的目光求助各个方

① 三K党（Ku Klux Klan），美国一个奉行白人至上主义的民间组织，也是美国种族主义的代表性组织。

② 1990年10月摩纳哥公主卡洛琳娜的第二任丈夫去世。

③ 朱利奥·安德莱奥蒂（Giulio Andreotti，1919—2013），意大利政治家、记者、作家，基督教民主党代表人物，1989年至1992年任意大利总理。

面，觉得自己像是一个关在笼子里的国际奥委会主席。

“多年以前，当奥林匹克只意味着负债，而且必须由举办国承担债务的时候，没人愿意接下顾拜旦的这项发明，但是现在，当我把它变成了一项富裕繁荣的多国体育盛事，所有人都想要各种花样将它据为己有。”

“伊斯兰呢？”

“伊斯兰世界大部分地区还是美国说什么他们做什么。布什也不让我安心。近来他有那么多政治问题，居然还是在巴塞罗那奥运会期间发动对伊拉克的战争。您能想象伊拉克和美国运动员在奥运村里进行战斗准备吗?”

那些伊朗运动员不过是一小群绅士，长得很反奥林匹克，美国运动员则是一支完整的北方部队，通晓智能炸弹的秘密，时刻准备把这些炸弹的智慧用在与任何竞争对手的比较中。不过到目前为止，他们在奥运村发起的唯一一场战役只是为了获取避孕套，谁知道那是不是支持贝纳通公司的广告提案——用不同颜色的避孕套让人联想起奥运五环，或者是为了做爱这一从体育角度说颇具争议的目的，与此同时，顾拜旦的幽灵手拿警醒与惩罚的戒尺从奥运村的屋顶上方掠过。有一条媒体新闻说，经确认，如果女运动员在赛前几小时内做爱，她们的成绩会得到提高，巴塞罗那奥运会带来的性兴奋可能因此翻倍。而男运动员则恰恰相反，他们的成绩会变差。无须更多理由，那些集合起来为性别斗争的女性主义者纷纷把自己的雄心壮志转向狩猎奥林匹克男人，而这个组织完全无能为力。新闻里还笃定地说，抛开性别不谈，既然人类身体在怀孕时荷尔蒙增长，竞技成绩就会提高，有理由怀疑很多男人为此都在隐喻意义上受孕，参加比赛，提高成绩，然后在完全秘密的光线下完成生产，将婴儿热忱地保存在奥林匹克道德的地下室里。

知道了这么多双重真相，卡瓦略觉得有点眩晕，就回到在巴维德莱拉的家中，在壁炉里把《五环之城》这本书给点着烧了，书的作者是巴塞罗那市政府的体育专员恩里克·特鲁尼奥。然后他煮了小麦芦笋冷汤，辅以蛤蜊和一块海驴肉，用茴香料使其芳香，佐以冰镇的法兰根[1]白葡萄酒。据德国人说，一瓶法兰根酒能使人联想起斗牛的睾丸，这个事实提醒卡瓦略他可能被所有那些关于奥林匹克性狩猎的知识刺激了。卡瓦略的确受了刺激，不过他的宠儿还是继续着休息的姿态，卡瓦略用透视法观察着它，似乎想召唤它尝试着立起来，不要跪着死去。宣告失败。这是又一个提醒。他手边没什么别的可撒气的东西，只好把贝纳通提案里的多彩避孕套一个接一个吹得涨起来，扔进城市，不过就在他猛地一吹气让黄色避孕套鼓起来的时候，一支燃烧的箭[2]正好从他的喉结和下巴之间飞过。

尽管卡瓦略喝掉的那瓶法兰根酒让他得以全速开逃，那个意在用燃烧的箭杀死他的弓箭手逃得更快。这是他接手案子以来收到的第一个直接威胁，而且和奥运会开幕日那天引燃火炬台的箭有什么象征意义上的联系。有时，那些他在录像里看过的开幕式场景会反复回到他的大脑放映室里（尽管还没弄清反复的

---

① 法兰根酒区是德国巴伐利亚州的著名葡萄酒产地。

② 巴塞罗那奥运会开幕式的圣火点燃仪式就是用一支燃烧的箭射向主火炬台。

原因），那些镜头像非常厚重的、没有消化好的食物被反复咀嚼。那些画面里一定有什么在制造噪声而非发出信息。不过，噪声不也是信息吗？

他给医院打电话关心薇拉的情况。她的肌肉已经以一种激进的强力方式闭合了，她的肌肉甚至是食肉性的，一只胆敢触碰她的实验室猴子只剩下一根手指嵌在她身上，要是没有这根手指，几乎注意不到创口。这个女孩已经做好健美体操练习的木板，曾经信仰的马克思主义让她保持了宣传的习惯，邀请了周围所有人来她的练习板，得到的肌肉成果是灾难性的，这些人几乎从未研究过自己的皮肤下面有什么，或者，他们像奥斯卡·王尔德一样相信，男人和女人最深刻的地方就是皮肤。她甚至还试图给内政大臣科尔库埃拉施压，想让他改变饮食并投身哑铃操，她觉得这位国家安全最高象征的化身肌肉有些松弛。当一位内政大臣或者首相像海绵一样松成一摊，只能力图用一脸愁容和坏脾气弥补这种语义学意义上的无力，这就像用暴力的决策弥补他肌肉上的不安全感。——塞尔维亚运动员这么说的时候，完全没注意到大臣阁下正在积聚的怒火，直到他终于忍无可忍，命令把她带到面前。最终，薇拉抓住这些专横的国家机器倦怠的契机逃了出去，所以此刻在电话里冲着卡瓦略吼叫的正是科尔库埃拉本人，他提醒卡瓦略记得自己惹上的事，要对那个女孩负责，还责难他没有完成合约规定的侦探职能。

“想想吧，臭裤裆，侦探就像哲学家，要一直揭露直到发现最后的真理，与此同时，正像这个奥尔特加说的，猎人在追求理智。”

科尔库埃拉心满意足地拍了拍奥尔特加的《哲学起源与后记》，这本书是几拃之外的一个球童递给他的。

“大臣阁下，为了弄清事实，有必要现场重演整个开幕式。”

电话彼端，大臣陷入三分钟的沉默，呼吸声时断时续。

“阁下疯了吗？您以为那样一场盛大演出是自主自愿地自己办起来的吗？首先我们需要一个赞助商。哪个品牌愿意赞助开幕式的重演呢？还只是因为一个坏运气的侦探产生了女人一样的直觉。再说了，我们已经把内政部的保障私有化，这让我们得不偿失。把国家保障私有化是很美，可是发票接踵而至。我不能超出国家总预算。就像奥尔特加说的，国家总预算完全是形而上的东西。”

卡瓦略埋怨自己怎么被绕进了和内政大臣的对话游戏。对于这些倚仗权力的大臣，就应该不跟他们对话，而是应该等他们挂了电话变回不安定的民众、开始对坐地铁发表一些煽动性的蠢话的时候，找准机会踢一脚他们的屁股。于是，此时此刻，卡瓦略选择使用自己的情报来源，然而一如既往地，他的线人都来自他的过去。他列了一个名单，里面全是和巴塞罗那奥运会有过合作的前左翼军人；他们中间除了两个素食毛泽东主义者，其他人几乎现在都是因德罗·蒙塔内利[①]和让-弗朗索瓦·勒维尔[②]的追随者，还有主业会的四个老处女隶属除毛短裙派系。奥林匹克

---

① 因德罗·蒙塔内利（Indro Montanelli，1909—2001），意大利记者、历史学家，以对希腊、罗马史的新诠释著称。被认为是意大利20世纪最伟大的记者，是2000年国际出版署提名的20世纪下半叶50位世界出版自由英雄之一。西班牙内战时期他在西班牙跟踪报道，是站在佛朗哥一派那边的。

② 让-弗朗索瓦·勒维尔（Jean-François Revel，1924—2006），法国记者，年轻时是社会主义者，后来成为欧洲经典自由主义和自由经济市场的重要人物。

管理者中一大部分都曾经为左翼政党服兵役，甚至在搬去奥林匹克山之前都曾经去马埃斯特拉山脉[①]做过某种远征。但是卡瓦略只要联系他们让他们配合调查就够了，让他们恢复一些历史记忆——他们中间很多人都觉得自己与奥委会的合同在闭幕式后第二天就突然无可挽回地中断了。

所有人都有最高级别的信息可以提供给卡瓦略，但是最愿意说话的人是“帕拉上校”，这是个战争中的名字，地下小组把这个名字给了一名学生，他在阻止刑讯人执行自己工作的过程中，让严刑拷打他的人都受到惊吓，万分恐慌。当警察刚开始把点燃的烟压在他的胸口，帕拉上校就把香烟抢下来，吸了一口（并没有烟吐出来），接着自己烫自己。当他被要求蹲一个小时的时候，帕拉上校会蹲两个小时保持不动，有时甚至需要别人把他重新扳回与脚垂直的位置。这一切都是因为帕拉上校对这些佛朗哥主义的雇佣刺客掌握刑讯主动权感到很愤怒。奥运期间，帕拉为奥林匹克团队兢兢业业地服务，运用自己与外国电视台的关系提供各式各样的文化情报，此时，他在电话那边表达着自己的不满：

“卡瓦略，我很失望。奥林匹克运动追求的是非常文化的目标，但是他们身上已经背上了要为世界统治权斗争的诅咒。你知道朱庇特[②]和农神在奥林匹亚山上为宇宙统治权斗争的事吗？你知道吗？最早的奥林匹克人，也就是最早的比赛胜利者是阿波

① 马埃斯特拉山脉（Sierra Maestra），古巴东南部山脉，古巴革命时期，菲德尔·卡斯特罗登陆古巴后首先在马埃斯特拉山脉建立了根据地。

② 即宇宙主神宙斯，罗马神话叫他朱庇特。

罗，他在跑步比赛中赢了墨丘利神。虚假的预兆。榜样级别的虚伪，至大的不幸。阿波罗，美之神，和太阳一样美丽，赢了墨丘利神，那是商业之神。可是往长远了看，赢的是谁呢？还是那些奥林匹克小商人！这些人根本就不信仰文化。”

“指的是哪些人？”

“办好一届体育意义上的奥运会所需的一切在开幕时都及时到位了，但是没有一样，没有一样预先设计好的文化设施到位了：音乐厅，现代艺术博物馆，塔比埃①的巨袜雕塑……都没有，什么都没有。除了开幕闭幕的浩大排场，唯一的文化体现就是西班牙歌唱家用意大利语演绎威尔第和多尼采蒂。但是我不敢在电话里说。我们一起在莱奥波尔多之家吃顿饭如何？”

莱奥波尔多之家是红灯区里一家非常出名的饭店，卡瓦略会在想念童年时代的祖国的时候光顾那里，小时候他还是一个“战后国家”的可怜小王子。他和帕拉约在那里见面。这个街区已经进行了巴氏灭菌处理。丁字镐开始击落整个建筑群。没有项圈、流离失所的妓女在等待经济和心理双重缩水的顾客时，漫漫时光再也没有楼房的正立面可以安放自己的屁股。最年长的妓女被挑唆着洗心革面去庞培法布拉大学注册或者去度假，而最差劲的那些酒吧，两个里面有一个不是闭门歇业就是变成名为“软弱思想”的哲学家连锁“专销店”，毕竟新大学的很大一部分设施都将坐落在这片曾是城市腹股沟的地方。人们一致同意这场奥林匹克闹剧不会从巴塞罗那带走静脉曲张和除臭不足的性形象。这

① 塔比埃（Antonio Tàpies，1923—　），享誉国际的西班牙加泰罗尼亚画家，作品崛起于50年代的材料绘画艺术。

就像逛一个命中注定要遭受丁字镐折磨却还没有发生的街区，出于这种忧郁，当卡瓦略发现帕拉没有在莱奥波尔多之家等着他的时候，立刻陷入担忧。如果有人怀疑在电话里跟你说话不安全，之后又没有按约定赴约，毫无疑问，尤其是有了电影和神秘文学中存在的一切，最大的可能就是这个某人已被暗杀。事实的确如此。卡瓦略在医院街和圣·拉斐尔街交汇的箱子里发现了帕拉，他被装在一个集装箱里。死亡已经抹去他信仰的奥林匹克派系，他又变回了那个做好准备为赢得历史献出生命的小伙子。

尽管双眼保持着干燥，还是有几滴泪水掉在卡瓦略记忆中的秘密领土。帕拉就在那里，像一个脱臼的木偶，从集装箱里的各种物品中间艰难地探出来。但是正当卡瓦略准备真的悲伤、缅怀、让这个预推死亡的尸体相貌好看一点，帕拉睁开了一只眼睛，挤了一下，嘴唇蠕动着喃喃地说：

“别表现出你知道我还活着。我自己制造了这场死亡好防止他们杀我。我晚上七点在隆佩奥拉斯等你。”

“那我现在对你怎么办？”

“伤心难过，左右张望显得需要帮助，然后跑向最近的电话亭，好像你准备报警。”

他这么做了，因为帕拉的声音又回到了从前的样子。只是卡瓦略不能一整天都这样交错双手等待和想象中的老游击队员见面，而所有可以推导回谜团核心的道路中，薇拉似乎是最合适的一条。去哪找她呢？他跑了几个健美体操运动员食品专卖店，终于撞见她正在狼吞虎咽地吃第五个恢复活力、丰富、加倍、反复且生物可降解的纯蛋白质罐头。罐头里的内容从罐头口迅速进入她身体的深渊，毫无疑问她体内具备和外观一样好的肌肉系统，卡瓦略立刻将它想象成一个可还原的身体。薇拉注意到卡瓦略的存在，发出呼噜声，本能地用胳膊护着她还没吃到的罐头。

“你为什么要找我？就像飞蛾不知道测量距离灯泡的热度的距离，你也不知道如何保持与死亡的距离。”

“这个例子我觉得过时了，作为比喻也是已经贬值的俗套。那些奥林匹克失踪者现在在哪儿？是什么或者谁关着他们？”

“还有更坏的事即将发生。这届奥运会是一个陷阱。离它远点，不然可能会毁灭你。”

突然间空气中发生奇怪的核分解，整座城市所有教堂的钟都敲响，夜空被彩虹色的弧线照亮。

“发生了什么？”

这家神学营养品专卖店的老板正一刻不离地守着收款台旁边的小电视机屏幕，他盯着卡瓦略就像精神恍惚地看一个入侵者，各种精神恍惚的混合物一起从他脸上升腾起来，他回答说：

“西班牙拿到了第一块金牌！”

电视里一个看上去快虚脱的自行车选手从比赛服里挣脱出来（这件打底衫一样的衣服像败坏的第二层皮缠绕着他的身体），任凭大家拥抱、推搡，双眼继续发呆，仿佛还在像打破一千米纪录一样寻找什么触摸不到的东西。渐渐地，他又回到虚脱和打破纪录的精神轨道，微笑得像他本来的样子：一个安达卢西亚小伙子。卡瓦略仔细打量薇拉的脸想感知她的情绪，他只看到了不屑和一种克制的骄傲。

“又有谁会庆祝大塞尔维亚的胜利？我们甚至不被允许奏自己的国歌或者让神圣的南斯拉夫国旗飘扬，这个世纪以来，南斯拉夫把美国和苏联那两个大帝国主义国家搅和得鸡犬不宁，现在又面对德国帝国主义……我父亲看得很清楚，那时候他住在……”

薇拉突然停了下来，意识到自己说得太多，她咬了咬嘴唇，转过身背对着卡瓦略。商店老板正在经历国歌响起的精神恍惚，看着西班牙国旗在旗杆上飘扬，而那个自行车选手为自己多少星期以来努力攻克一千米距离和一辆自行车之间的时空联系接受了道德上的酬劳。卡瓦略走向薇拉。

“你的父亲过去一直是……”

“是的。”

“所以你的父亲曾经是……”

“也对。我从来不同意语法上不同的‘过去’之间有严格的区别。不过，我承认，我父亲过去一直是——用过去未完成时——也曾经是——用一般过去时，也被那些二半吊子爱好者称作不定过去时——蒂托元帅。其实从来没人承认我是他的合法女儿，因为蒂托已经结婚了，他不是塞尔维亚人，和我母亲是婚外情，我母亲是个非常年轻的塞尔维亚健美体操运动员……”

“你母亲也是健美体操运动员？”

“我外婆也是。我们家族里所有的女人都具备解剖学意义上的完美，肌肉发达，不需要怎么刻意培养身体。早在斯堪的纳维亚半岛的德拉库拉公爵还活着的年代，我们家族的女人就已经肌肉发达了。”

“巴尔干半岛正在发生的事情和巴塞罗那奥运会有什么关系?”

她想保持沉默但是没能做到，显然家族的健美基因没有影响语言的自发性。

“是想把奥运会巴尔干化，想把巴塞罗那变成第二届巴黎公社，还是有用的，我们正要庆祝巴黎公社的周年纪念。另外，地理复杂性给美国人入侵巴尔干半岛带来困难，如果他们先攻占巴塞罗那，一切都会变得容易。所以说，这座城市对世界革命的未来至关重要，在美国人没来之前，我们要抢先下手。”

“但是那就意味着西班牙民主的垮台、西班牙君主制的垮台。”

“就你们那个国王？个子那么高还是金发。还有你们那个王子的块头，要是把他交给我，我就给他喂他所缺少的蛋白质，把他变成纯蛋白质。不，你不用惊讶。如果上帝愿意，你们的君主制会维持很长时间。你看看你们国王的职业精神……你们简直配不上这样的精神……他从来不错过任何一项体育大事……他和他的家人都没有……”

电视上经常播放皇室无处不在的样片，让大家产生了错觉，以为他们恰好出席了所有最终有国民摘金夺银的比赛现场。

“吸引胜利的磁石出现了……多么伟大的陛下！”

塞尔维亚的马克思主义一定低于最低水平。卡瓦略突然想起自己和帕拉约好在隆佩奥拉斯见面，就抓起薇拉的手腕，强迫她跟着自己上路。在通过奥林匹克森严的监控之后，卡瓦略的汽车全速开向防波堤。防波堤上的岩石中间，那个赤身裸体、正在用刮脸刀剃掉全身体毛的人，正是帕拉上校。

“你为什么要剃体毛？连阴茎都不放过？”

“这能让人游泳游得更快。奥林匹克技术已经证明了这一点，为了宇宙科学技术革命这个伟大的原因，我们要抓住一切研究的利好之处，不管这个研究来自哪里。”

卡瓦略正要回答，突然发现薇拉和帕拉上校之间交换了一道属于情报人员的目光，而且不止一道。

“帕拉上校，我想您是？”

“你们俩认识？”

帕拉和薇拉又交换了一道间谍情报的目光，像是希区柯克晚期电影片尾里的那种，而且比刚才的目光更机敏，目的在于抵抗卡瓦略的智慧。上校正在借着满月的余光刮腿毛，把混着小毛和滑腻剃须膏的糊状物蹭在防波堤的岩石棱上。等他刮完，薇拉提醒他还没剃后面多余的毛，的确，上校已经在他最大的弯曲度内剃秃了自己的臀部，但是背部剩余的地方依旧茂密。剃自己背部毛发的困难当前，还是薇拉做了这件事，小心翼翼又十分迅捷，显然是个老手。

“为了获准表演，必须剃后面的毛。我必须自己做，家族里所有的女人都毛发旺盛。”

“到了。”

海平面上腾起几道明亮的信号。帕拉把自己剃好毛的身体完全涂上纯净的橄榄油，特别是剃好的光头，以便在水中滑行。他准备就绪，只要跳进海里即可完成全套动作，此刻，他想用一句足以载入史册的话告别。

“佩佩，有时候我能从你眼睛里读出嘲笑，你觉得我已经变成一个官僚改革主义者，觉得我卖命的这个奥林匹克在个人和公众批判概念里都含糊其辞而且腐败不堪。我可能的确有个阶段曾经和新资本主义结盟，那时候的动力毫无疑问是暗藏的欲望，渴望和需要被接受：奥林匹克主义，新厨艺，阿玛尼，巴赫作品集，华氏温度香水[①]，在地中海俱乐部度假，和秘书举行二次婚礼或者躺进一个巴西易装者的怀抱，和另一个雅皮士分享背靠背的住房……当然，里面还有酒窖，装着那些前民兵团成员创办的红酒俱乐部预先选好的酒……我经历过所有这些，但是从心底里，我知道，我有一天会离开这样的联盟，重新修复通向马埃斯特拉山脉的道路。好在卡斯特罗将军还在那里等着我们。记得卡洛斯・普鲁埃瓦那首歌吗？菲德尔有什么让那些扬基佬拿他没办法？最后我终于重获光明。当时是巴塞罗那奥组委的一次扩大会议。我需要做一个关于文化战略的报告，我听见自己在列一个关于文化活动的清单，我问自己，什么是文化？是对意识的再创造？我继续想，有意识，无意识，中和意识还是创造意识？我反复想，有意识，无意识，批判意识？告诉我……什么是文化？”

海平面上有灯光急闪。卡瓦略不知道怎么回答，不过薇拉知道。

“文化是对变化中的历史主体和它的客观需要的意识。”

“差不多是这样，不过……好吧。那些灯光在抗议了。佩佩，他们将制造奇迹。真正的奥林匹克。我们不能抗拒太阳的召

① 华氏温度香水：迪奥公司于1988年创造了“华氏温度”（Fahrenheit）男士香水。

唤，阿波罗的召唤。新的国际秩序。不是老的秩序化装成无秩序或者新的无秩序伪装成有秩序。一个由前国际奥委会雇员组成的新国际，肩负着悬而未决的艰巨的革命任务。实际上，实际上我跟你说，这些被称为奥林匹克志愿者的人就在第一线，他们在给奥林匹克官员做向导的任务中发现了这个系统的矛盾，意识到团结带来的道德快乐，这种团结和我们已经达到的科技革命程度是相适应的。同志们好！奥林匹克大革命正等着我们！”

他以军人的方式向薇拉行礼致敬，直到此时，卡瓦略才看出来帕拉曾经是健美体操运动员，或者他可能当过健美体操运动员。他的肌肉一直武装到睫毛。

“薇拉少校，完成您的使命，然后等待我的联系人给您新的目标。”

他跳进水里，消失在浪花中，神奇的肺活量让他可以一直潜在水下，直到一百米开外才重新露出水面，朝着灯光的方向用力划水，那些灯光集中在一个潜望镜上，显然底下是一艘潜水艇。

“这艘潜水艇是哪国国籍?”

“目前，它是那几百艘拒绝在俄国改革中被拆除的流浪潜水艇中的一艘。”

“也就是说，是尼莫船长①开的鹦鹉螺。”

卡瓦略没多少时间来表达忧郁和讽刺。一声哨响，防波堤上瞬间挤满各种警察，除了搜查过卡瓦略的警察，还有新的队

---

① 凡尔纳的科幻小说《海底两万里》中的主人公。

伍、新的制服，毫无疑问这些都是在最近几小时里刚刚创造出来的，专门用来面对新出现的威胁。科尔库埃拉试图指挥这场行动，但是在岩石之间跳来跳去实在不灵便，所以必须依靠几位合作者的帮助，他们受过专门的训练，直接使用科尔库埃拉法案带着大臣飞檐走壁。最终，一个被折磨得满脸痛苦相的大臣被放在卡瓦略和薇拉面前。

“看起来，阁下找到她很容易啊。那个游到深海里的人是谁？我提醒您，卡瓦略，如果您向我隐瞒了任何信息，都是不可原谅的！现在先把这个塞尔维亚女人拘留起来，她应该是塞尔维亚人。我已经参考过我那本《拉鲁斯图解百科》①，那里面把塞尔维亚人画得很像。他们一直都是闲着不干活的麻烦。”

不过薇拉没有给他时间让这个命令印在那三千名领章颜色大小各异的警察的大脑里。她把脚向后一踢，发自内心地一跳，落入水中。大臣一声尖叫，警察们手中如恶之花般绽放的几千柄手枪准备开枪的动作全部静止。

“别开枪，可能会打到她！在镇压这方面，连上帝都赢不了我，但我不是刽子手。用直升机去追捕她！”

科尔库埃拉沮丧万分，需要有人陪伴。哪怕是卡瓦略也行。

“您喜欢喝几杯，我也是，为什么我们不能做朋友？”

面朝暮色渐沉的海面，他深吸了一口气，呼出的气体里充满苦涩：

“胡安·安东尼奥·萨马兰奇，国际奥委会主席，失踪了。”

---

① 拉鲁斯是法国最权威的百科全书出版社，《拉鲁斯百科》是与英国《大不列颠百科全书》齐名的权威百科。

"日落时分，一位在政府就职的大臣突然痛哭，面前是各个种类的警察，他们身穿由马利斯加尔[①]、阿玛尼、拉瓦尼[②]、卡丹[③]、阿道夫·多明戈斯[④]、萨拉·弗格森[⑤]和丽帕·德·梅阿娜女士设计的各式各样的服装，这难道不是西班牙已经走进现代化的明证吗？"

那个马屁精社会学家心醉神迷地发表感慨。大臣把头靠在卡瓦略肩上嚎啕大哭：

"怎么能这样对我！从我手上绑走国际奥委会主席！一定是因为我出身卑微，因为我当过电工，因为我没有念过牛津大学，没有上过德乌斯比大学[⑥]，没有被巴塞罗那人文学院录取过，也不是所谓的法国高师[⑦]毕业生。就这样，他们又说阶级斗争是不存在的，应该不惜一切代价阻止阶级斗争，尤其是在我的位置上，可是，就是存在阶级斗争的，要是存在阶级斗争呢？"

奥林匹克大背景下，究竟在发生什么？是要破坏这个理想主义和谐的替代品，直到薪水丰厚的公务员都回去打想象中的游击战、连政府大臣都坚信阶级斗争客观存在的地步？王子、建筑师、生意人和赞助商之间的联盟宣告终结，这项体育盛事的软肋

---

① 马利斯加尔（Javier Mariscal，1950— ），瓦伦西亚艺术家、设计师。

② 拉瓦尼（"Paco" Rabanne，1934— ），西班牙著名时装设计师。

③ 卡丹（Pierre Cardin，1922— ），皮尔·卡丹，意大利出生的著名法国时装设计师。

④ 阿道夫·多明戈斯（Adolfo Dominguez，1950— ），西班牙著名时装设计师。

⑤ 萨拉·弗格森（Sarah Ferguson，1959— ），英国皇室成员，约克公爵安德鲁王子的前妻，电影制作人、作家、慈善家。

⑥ 位于西班牙毕尔巴鄂，是巴斯克地区最古老、最负盛名的高等学府，建校于1886年，在欧洲也享有很高声誉。

⑦ 法国三所著名的高等师范院校：巴黎高师、里昂高师和卡尚高师。

太过明显。一些青蛙一样的小女孩打破纪录战胜另一些青蛙一样的小女孩有什么意义呢？还有那些体操运动员小姑娘，女气兮兮的运动，唯一的目标就是双脚同时落地并且不失去平衡。至于团体项目，奥运会的足球是青年足球[①]，篮球本来也会是青年篮球，要不是他们向另一个极端妥协，接受了美国职业篮球大联盟那些玩杂耍的家伙，让一个私生活紊乱的艾滋病感染者带队，看上去更像是哈林环球旅行者篮球队[②]，而不是一支人类的球队。还有网球，那些追捕金色小球的人像职业刺客一样全神贯注、称神祝圣，满世界乱跑，比马戏团的艺术家还勤快。奥运会？像阿加西这样的球员，到哪里都有上好的餐厅为他预留座位、奉上肯德基炸鸡（因为他脑子里没有别的马克西姆餐厅），还要多高的地位？卡瓦略的坏心情不仅来自整体局势，更是主要来自要用肩膀支撑科尔库埃拉的大脑袋。他已经不哭了，但还在历数自己的人生。

"你知道我几岁开始学电工的吗？"

"不知道。"

"从我两只手还没离开地面的时候开始。"

根据他一边的手臂码出的高度来看，这显然是撒谎。不过，他不能再继续自我怜悯了，安妮公主最喜欢的骏马从防波堤上一路狂奔来到他面前，背上端坐着它的女骑手。金色蓬松

---

① Subfutbol：奥运会足球比赛是由各国 23 岁以下青年队（sub-23）组队参加的，参加奥运的资格也是由各大洲青年锦标赛以及国际 21 岁以下青年足球锦标赛的成绩决定的。

② 哈林环球旅行者篮球队（Harlem Globetrotters）：美国 CBS 电视台在 20 世纪 70 年代推出的 22 集动画片，以纽约花式篮球闻名的哈林环球旅行者篮球队队员为原型制作的动画片。

的披肩发，带点修饰的挑染，迎风肃立，马鞭严阵以待，公主骑着马走上前来，后面跟着一群保镖骑手，看上去是按照亚瑟王的圆桌骑士打扮的。马背上的公主严厉地斥责科尔库埃拉：

"大臣，你就是这样完成你的职责的?"

"公主殿下……公主殿下……"

刚开始，科尔库埃拉结结巴巴说不出话，然后他突然想起自己是大臣，这位女士并不是王后，而且，英格兰，佛朗哥主义者口中不忠的"阿尔比恩"①，一直坚持不把直布罗陀还给西班牙。所以，他不再粘着卡瓦略湿漉漉的肩头，和公主对骂起来：

"你以为你是谁?你们全家都是败类!你的姨妈酗酒成性，你的妯娌是残渣的妓女，你的哥哥有一天会被发现是新的开膛手杰克。你的父亲是个伪劣不像样的保护生态主义者，你的母亲是个吝啬鬼……对肯特郡的安妮公主而言，帽子就是个灾难，比手套还附庸风雅……我可是每周都看《你好》②杂志的!"

公主保持着那种非常西班牙式的潇洒，有一种怨愤而悲剧的斗牛士的感觉，拍拍身下的坐骑枣红色的屁股，向科尔库埃拉提议说：

"黝黑的小伙子，到我这漂亮的枣红色马上来!"

卡瓦略闭了闭眼睛，想找回一点现实感。他正在看见和听见的一切怎么可能是真的?这是什么大纲?还是什么写好的剧

① 诗歌中对英格兰或不列颠的称呼。

② 西班牙著名的娱乐八卦杂志。

本，那又是在回应什么？等他重新睁开眼，握住骏马缰绳的人已经变成科尔库埃拉，公主坐在他身后，雪白尖细的胳膊缠住大臣，其中一位圆桌骑士把一顶科尔多瓦帽子戴在这位西班牙政府负责人的头上。科尔库埃拉挑起一边的眉毛，抛给卡瓦略一个明显高高在上的眼神，一骑绝尘地紧跟圆桌骑士的队列离开，各种根据后现代主义重新编制的警察样品在后面为公主和大臣自由引吭的歌曲伴唱：

我的小马
奔跑着切断风
当它路过港口
小路……
嘭嘭
……来自赫雷斯的小路。

各家电视台的摄像机都摆在别扭的位置上，努力超过他们的交通工具一路追踪，野心勃勃地准备好拍摄最新鲜的画面：路过隆佩奥拉斯的民众在得知萨马兰奇失踪的消息后，眼含泪水、声嘶力竭地呼求他回来：

“萨马兰奇，回家来！我们爱萨马兰奇！他是祖父（l’avi）再生！”

大众把以前给加泰罗尼亚爱国民族主义者佛朗塞斯克·马西亚的绰号“祖父”用在了萨马兰奇身上，这简直令人难以置信，毕竟佛朗哥主义曾经持续凶残地迫害人们对前者的记忆。卡瓦略记得那些日子里的社会呼声恰恰与现在完全相反，他们当时都叫萨马兰奇离开：

“Samaranch，fot el camp”①（萨马兰奇，滚出去！）

全人类团结起来成为唯一一支世界足球队唯一的狂热观众。一阵发光的“嗡嗡”声闪过眼前。又有一个隐蔽的弓箭手向他射来燃烧的箭，不过这一次他没有隐蔽多久。反射灯后面走出一个白衣男人，弓拿在手里，箭袋背在背上，里面装满了箭，上衣胸口印有都彭②之家的广告。尽管已是昏暗的日落时分，他依然戴着墨镜，他走到卡瓦略面前，说出暗号：

“加泰罗尼亚自由！”（Freedom for Catalonia！）

卡瓦略不知道应该回答他什么。

“您不知道对应的回答吗？天哪，这些会面的组织方式真是要命……您应该用加泰罗尼亚语回答我：我们一起付出所有！（Entre tots ho farem tot！）”

卡瓦略重复了这句话，弓箭手伸出一只胳膊把他拉过来面朝西方，然后从箭袋里取出一支箭，用都彭打火机点燃，射向太阳悬停的地方。

“跟着这支箭，就能找到我们关萨马兰奇的地方。”

箭矢飞过巴塞罗那老码头的上空，直抵哥伦布雕像的头部，对这位舰队首领而言这可真是糟糕的运气，他其中一只如此热切望向南美洲的眼睛就此受伤，市政府又在奥运会后遭遇破产，只

① 此处原文即为加泰兰语，故保留。

② 都彭（Dupont）打火机是世界上最名贵的打火机品牌之一。

有一家实力超群的眼镜店能当修理师赞助商。萨马兰奇就在那儿，必须迅速赶到他面前，以免这位世界加泰罗尼亚人的生命陷入危险。通往雕像顶部的电梯对公众关闭，由一队奇怪的身穿加泰罗尼亚传统民族舞服装衣服的警察把守。在接到先点篝火、再点炭火、然后烤羔羊腿和猪肉灌肠的任务时，他们又一次震惊了——众所周知，这两种动物完全相反，一个是用来做宗教净化仪式的，另一个则是最不洁的动物——人们总是大量摄取它们，配上带番茄的薄烤面包片，否则就没法解释19世纪以来加泰罗尼亚人民的遗传工程，因为正是在19世纪，带番茄的面包成为加泰罗尼亚的身份特征之一。考古学家为这种用火和烧烤的习惯命名为“肋骨”。把香草料放在烤肉、带番茄的面包和蒜油上面，仿佛这是最合适的民族营养补品。一番交谈让卡瓦略很顺利地逐渐接近电梯，他把盘问自己的人都交给对民族问题表现出渊博知识面的陌生人，孤身向雕像的最顶端出发。电梯向上攀升的同时，各种相互对立的图像、感情、想法在卡瓦略有限的脑部空间里骚动。他去救萨马兰奇只是一个职业问题吗？当初，在佛朗哥主义的统治下，数以百计、千计的反法西斯斗士被逮捕关押，那都是什么样的逮捕啊！萨马兰奇会理会他们的呼救吗？毋庸置疑，这些死于非命的人民都反复验证了救赎之慷慨，既然他们总是依靠某人的表兄帮自己治疗白内障，或者从一场行刑中解救出来。自从因地比和曼多尼奥①的时代，宽宏大量的法西斯分子始终是西班牙历史中一个不变的特点。无论如何，救出萨马兰奇都

① 都是伊比利亚半岛第二次布匿战争（公元前218年至前201年）期间半岛上的两个地方首领，率领各自王国对抗迦太基人和罗马人的入侵，为独立战斗。

是卡瓦略的职责，他从雕像的内部通道一出来，就握紧了手枪，准确地走向一群童子军所在的方向，他们围着躺在地上的国际奥委会主席，萨马兰奇被用纬纱线的绳索捆绑着，另一头的粗锥插进地里，将绳索拉得很紧。

“这是绑一位老人的方式吗？”

那些贝登堡[①]的追随者羞愧得脸红了，吐不出别的借口，只能怪罪他们生命中的儿童文学：

“我们是按照小人国绑格列佛的方式绑他的，至少我们在学校读过的《格列佛游记》中的插图画是这么画的。”

“你们上的哪个学校？”

“维尔特里亚。[②]”

“一所私立小学。”

卡瓦略蔑视地说，并补充道：

“那我猜用弓箭手引起我注意的细节是《童子军与青少年运动》[③]里作战老伎俩的现代版咯？”

这群孩子里最有说话天赋的那个就此长篇大论离题万里地详细阐述了《童子军与青少年运动》里的现代化，一方面使用激光或电讯卫星作为补充，另一方面又没有拒绝使用传统，比如唱翻译成加泰罗尼亚语的蒂罗尔民歌（在加泰罗尼亚语版本的《童子军与青少年运动》中），爬上圣山或者魔山，都是一样，可以适用于任何国家。不过此刻不是论战的时候，首先要把萨马兰奇

---

① 贝登堡（Baden-Powell，1857—1941），第一代贝登堡男爵，别称B-P，是英国陆军中将、作家，童子军运动的创始者。

② 维尔特里亚学校（Escuelas Virtelia），巴塞罗那著名的私立学校。

③《童子军与青少年运动》是贝登堡1929年出版的书。

从他夸张的捆绑中解救出来。解救过程中，后悔不已的童子军也搭了把手，卡瓦略问他们为什么要绑架萨马兰奇，又为什么急着让他来现场发现这场绑架。

“如果我们把时间拖得太长，这种展现力量的方式有可能变成示弱。”

说这话的是一个安达卢西亚少年，显然他在扩展学识的过程中与加泰罗尼亚独立分子合作，并得到安达卢西亚分子党派的奖学金支持。

“我们有很多需要向加泰罗尼亚独立分子学习的地方。”

“其他失踪的人呢？”

“您在说什么失踪？要是有，也不是我们做的。”

“我相信，头儿。”

参与说情的那个安达卢西亚人已经发现卡瓦略有一种想相信他的复杂倾向。终于，萨马兰奇的脸从交错的金属板底下露出来，刚看了几眼，卡瓦略就发出一声警觉的惊呼。

“快！这人身上发生了什么！”

听说叛乱集团拖着他在地上滑行，直到他变得有点像奥运会的吉祥物狗科比。卡瓦略第一个想法就是：他被整面瘫了。但是当这个世界加泰罗尼亚人整个头都露出来之后，卡瓦略推断这不仅是面瘫那么简单。众所周知，那些前哥伦布时代的征服者（主要是盎格鲁-萨克逊人）对前哥伦布时代的印第安人所做的事，就是通过扒头皮截断他们的头发，这个技术是从印第安人那里学来的，原本用来制作假发，却被白人媒体文化滥用，最终变得好像这是恶毒野性的天生罪恶，在西部的北美种族主义电影里被反复使用在他们的敌人身上。显然有什么东西或者什么人把国际奥委会主席的面皮扒下来换了一张。

“不是我们干的！”

童子军们一遍一遍发誓。贝登堡的追随者通常不撒谎，除非发生世界大战或者其他形式的系统性种族灭绝让他们不得不对阵听天由命的民众。那么，如果不是他们，这种换皮就意味着另外的原因，也会造成另外的效果。卡瓦略用手从国际奥委会主席尖削的下巴那里抓起面皮的褶子，向上拉起来。轻而易举到都没来得及痛苦，卡瓦略的手中拿着一张没有肌肉没有骨头的脸，这张脸曾经是西班牙和奥林匹克历史上最重要的一张，而当这张脸落入卡瓦略手中之后，剩下的是另一张令人恐惧的脸。换句话说，具体一点，就是卡瓦略手中拿着一张面具，而被揭掉面具的人是一位几乎谢顶的先生，脸颊通红，唇齿间一颗金牙闪闪发光。

“那么，您，是谁？”

“我是胡安·安东尼奥·萨马兰奇的合作伙伴。不要伤害我，拜托了。我有妻子，有孩子，我的拖拉机还差七次偿贷。”

“您从什么时候开始戴上这个萨马兰奇的面具？”

“萨马兰奇先生让我在奥运会开幕前几小时戴上的。”

替身！突然卡瓦略之前看开幕式录像时犹豫不定地记下的图像变得生动起来。这个开头已经铺垫得足够多。他亟须抵达故事的核心部分。

“时尚的文学散文家，斯坦纳①、弗莱②或者特奥多洛夫③，每个人都有各自的根，各自对未来的影响力，由此，他们在从特奥多洛夫式的经典鼹鼠④开始的推理带来的安全感之间移动，受到后现代主义诱惑，别无他法，只能面对越来越多的十字路口创造出来的原因性质丛林，越来越多的叙述遗产不断嫁接移植。在这种情况下，寻找还原的、简化的故事核心看上去更像是炼金术，而不是科学，尤其是所有文艺科学主义的尝试都已经戏剧性地宣告失败。”这话不是卡瓦略说的，而是一个追随精确性的年轻评论家说的，卡瓦略焦急地向他咨询有关“核心”的问题，以及在一个叙事性作品中如何“结局”，这个叙事性作品的剧情设计特点是：它是一项职责、一项奥林匹克职责、一项围绕着一个还包含别的东西的政治文化行动服务展开的叙述，资源过多。要知道，在七八月间写烂俗的连载小说（报纸上的那种）太不光彩了，这种僵硬的小说连两次大战之间（哪两次战争之间并不重要）的中欧小说追随者都不能容忍。那个精确年轻的批评家正在全力为一个朋友的小说写一篇积极的评论文章，此前，他刚被另一个他很乐于认识的作家的小说折磨得筋疲力尽。

“这符合道德吗？”

“所谓道德伦理是自己预先设定的。我选择朋友的时候就已经选择了那些按照我认为应该怎么写作的样子写作的人。”

---

① 斯坦纳（Rudolf Steiner，1861—1925），奥地利社会哲学家。

② 诺思洛普·弗莱（Northrop Frye，1912—1991），20世纪享有国际声誉的文学批评家，原型批评理论的集大成者。

③ 特奥多尔·特奥多洛夫（Teodor Teodorov，1859—1924），保加利亚政治家，“一战”后保加利亚第一任首相。

④ 指叛徒，双料间谍。

“谁都可能写出一本愚蠢的小说。”

“那我就求诸一个深奥的评论，独特而崇高的评论。给你举个例子：我们假设有一个美学意义上的损友，他是我的朋友，我的孩子的教父，是和我家背靠背居住的邻居，他出版了一本屎一样的小说。这是可能发生的，就算他是我的朋友。那么，我就会写：这本小说是……隐秘的类比，各段落从来都不是单一维度的，而是分布在读者提供的各种出路空洞的外部特性中。换言之：我们面对的是一部开放式的作品——幸运的是——你不可能期望它是别的样子，命中注定要导向它自己，就像所有纯粹的开放式作品那样……后面也是这类的话。引用斯坦纳，引用特奥多洛夫。如果你想再来点华丽的东西，就引用点弗莱。这样就可以克服给这部小说写评论的痛苦了。”

正如这位批评家所言，卡瓦略现在就在一个隐秘的类比小说的核心，所有段落从来不是单一维度的，而是分布在读者提供的各种出路一张张空洞的“脸”上。换言之：他面对的是一部开放式的作品——幸运的是——他不可能期望它是别的样子，命中注定要导向它自己，就像所有纯粹的开放式作品那样。现在很明确的线索有：萨马兰奇是替身；蒂托的一个私生女准备发动一场延期的革命，这次是奥林匹克革命；那些为社会主义新自由行动效劳了几十年的前西班牙左翼青年（更具体说是加泰罗尼亚左翼青年）已经做好准备进行又一次奥林匹克武装斗争，在某些情况下放弃月限额一百万比塞塔的维萨金卡；布什谋求在输掉大选之前把自己卷入一场战争；已有二百多伪造奥运会（特别是巴塞罗那奥运会）的预设敌人登记在案；英格兰的安妮公主同时迷恋上萨马兰奇的国际奥委会王座和西班牙政府大臣科尔库埃拉，对于后者，她爱慕的是他留着短络腮胡的斗牛士面容……怎么用所有这些线索构建一个故事核心？何况，还要加上指引那些加泰罗尼亚独立分子的主要是《格列佛游记》和一条上好的烤肋骨，而并非布鲁克鼓手[①]或者切格瓦拉游击队手册。

但是目前的情况就是围绕这个核心盘根交错，距离奥运会结束只有五六天时间了，为了及时认清这个核心，卡瓦略决定逃回自己在巴维德莱拉的家中沉思冥想。他把衣服脱光，在壁炉里点了一本《奥运会的浪费与欺骗》，那是一个叫乌尔里克·普罗柯普[②]的人写的书的意大利语版。反正他的奥林匹克相关书籍已经不够每天烧火了，索性暴饮暴食般把所有剩下的书一次性烧完。除了壁炉暴饮暴食，他自己也准备了一顿大餐，想以此回应想象中的催情。换言之，他最近的情欲刺激来源（尽管还只是中等刺激），他心中某种柔韧的耐力，是蒂托的那个塞尔维亚女儿。什么菜单能与那个禁止食用的身体联系起来呢？毫无疑问是红酒洋葱烧野味。任何一种坚硬的野兽（为什么一个健美体操运动员不行呢？）都必须持续腌制很多天，然后在血中用地球上颜色最深的红酒烹调。只是，哪怕东柏林的食品市场都不会卖健美体操运动员的肉，尽管那里的市场在柏林墙倒塌之前还卖罐装老虎肉。卡瓦略最后决定只是简单做个煨焖公牛肉，用浓郁的小洋葱

---

① 布鲁克是西班牙巴塞罗那省的一座城市，1808 年 6 月，西班牙独立战争期间，这里发生对抗法国人的布鲁克战役，西班牙人的胜利打破了拿破仑军队不败的神话。相传当时军中年仅 17 岁的鼓手鲁卡·伊·卡萨诺维斯奋勇杀敌，并在次年牺牲，留下“布鲁克鼓手”的故事。如今在布鲁克竖立起的那场战役的纪念碑上雕刻的就是布鲁克鼓手的形象。

② 乌尔里克·普罗柯普（Ulrike Prokop）：德国马堡大学教育学教授，奥运社会学专家。卡瓦略烧掉的那本书是普罗柯普写的关于 1972 年慕尼黑奥运会背后的社会阶层研究的书。

汁烹调，因为小洋葱在浓汁烹调中可以起到发现通往其他现实的天窗的作用，和庞德用那些行吟诗句来弥补往一首诗里塞埃及象形文字的美国风起到的作用是一样的。

刚进八月，公牛肉炖着，一瓶无法复制的1904年的好酒，这是拉里奥哈人送来致敬的答谢礼，在经过一场漫长而充实的杜埃罗红酒之旅之后，卡瓦略觉得自己已经做好准备解开这个故事了。首先，萨马兰奇本人没有出席奥运会开幕式，去的是他的替身，这个证据可以推导出一个问题：当时的主席包厢里还有哪些人物“不在场”？加泰罗尼亚自治区政府主席普约尔也不在。这就是当时看录像的时候给卡瓦略留下间歇记忆的事件。加泰罗尼亚自治区主席平时习惯通过挤眉弄眼来矫饰美化自己的怪相，而那个录像里的普约尔既没有动胳膊数国旗，也没有挤眉弄眼，反而显得肌肉不听使唤、眼睛像要逃走。国王也不是真的国王。那么既然萨马兰奇不是萨马兰奇，普约尔、国王都不是本人，首相费利佩·冈萨雷斯及其夫人是本人吗？那些加泰罗尼亚名人：多明戈，卡巴耶，卡雷拉斯①，阿拉加尔②，庞斯，特蕾莎·贝尔甘萨③，克拉乌斯？那些运动员？卡尔·刘易斯④或者神奇的约翰逊是本人吗？也许唯一真实的人物是西班牙公主，她看到自己英俊

① 卡雷拉斯（José Carreras，1946—　），20世纪下半叶世界三大男高音之一，演绎威尔第和普契尼作品的权威。

② 阿拉加尔（Jaume Aragall，1939—　），加泰罗尼亚著名歌剧歌唱家，23岁即在米兰世界闻名的斯卡拉大剧院登台出演马斯卡尼的歌剧《友人弗里兹》完成首秀，是在那里上演首秀的最年轻的歌唱家。

③ 特蕾莎·贝尔甘萨（Teresa Berganza，1935—　），西班牙次女高音歌剧歌唱家，以演绎罗西尼、莫扎特和比才的作品著称。

④ 卡尔·刘易斯（Carl Lewis，1961—　），美国田径运动员，在1984—1996连续4届奥运会获9枚奥运会金牌，其中1984年洛杉矶奥运会上一人独揽4枚田径金牌，2000年被国际田联评选为20世纪最伟大的田径运动员。

潇洒的弟弟[1]领着东道主队伍走出来的时候激动得哭了。但是，所有其他人都是戴面具的替身，这令人不禁怀疑奥运会的开幕式也是戴着面具的。为什么要这样再三隐藏？

根据“旧制度”[2]剧本的情节，一个故事核心需要有一个起因和一个专属的结果，一个“为什么”和一个“为了什么”，它们通常经典地一一对应。比如：傅满洲[3]要主宰世界，或者詹姆士·邦德要和邪恶秘密组织斗法。史前情节。现在，在柏林墙的倒塌带来的一片混乱中，又发现苏联政治局几乎所有成员都是史迈利[4]手下的特工，坚定地反对共产主义，想从中反应过来几乎得花掉一辈子的时间，当然，历史要发现共产主义的谎言所需的时间更多。面对所有这些，故事核心要怎么自我克制？这个世界，只有不完美的未来，谁有勇气肩负起成为结局的任务？他搜遍时间。奥运会最后的情节已经开始，结局已经确定位置，核心的全部意图都生效。家里的一扇窗玻璃突然被一拳打碎，跟着拳头后面进来的是蒂托的女儿、那个健美体操运动员。接近核心了，又或者说，已经到结局了？

---

① 即西班牙的费利佩王储，他是西班牙国王胡安·卡洛斯一世的小儿子（上面有两个姐姐）。他在1992年巴塞罗那奥运会开幕式上担任西班牙代表团的旗手。

② 旧制度（法语：Ancien régime）指的是法国在14到18世纪这段时期，由瓦卢瓦王朝到波旁王朝建立的影响法国政治及社会形态的贵族制系统，这套系统在法国大革命中瓦解。这套系统建立在三极之上：皇权、教士和贵族。在这套系统里，社会被分为三个等级：第一等级天主教教士、第二等级贵族以及其他人组成的第三等级。

③ 傅满洲博士（Dr. Fu Manchu），英国推理小说作家萨克斯·罗默（Sax Rohmer）创作的傅满洲系列小说中的虚构人物。1875年在《福尔摩斯遭遇傅满州博士》一书中首次出现，傅满洲被称为史上最邪恶的角色。按照书中的描述，傅满洲是一个瘦高秃头，倒竖两条长眉，面目阴险，其实是黄祸的拟人化形象。其余作品傅满洲也通常以同样的形象出现。

④《锅匠，裁缝，士兵，间谍》中的英国情报机构间谍负责人乔治·史迈利。

让薇拉的面部肌肉张力减轻的并非气馁的情绪，不过她的确对脑子里生出的结果不太高兴。面对卡瓦略的问题她统统用单音节回答，同时开始看大衣口袋里装的一期《法国女郎》过刊。时间的脚步让卡瓦略开始考虑自己应该注意的一些细节，比如这个塞尔维亚人对《法国女郎》的痴迷，由此可以了解她们真正的相似之处。于是卡瓦略想：有人用吃东西或者喝酒来遗忘，而她很显然是用看杂志来遗忘。最后，她终于忍受不了让她疼痛的原因，对卡瓦略说：

"所以你完全置身事外？决定人类的命运的时刻，你就和你那难看难闻的食物以及你的懦弱一起躲在这里烧书？"

"那你还在看《法国女郎》。"

"有时候需要进入敌人的意识形态和象征领地看看。"

"也许你应该先给我解释一下你跑到哪儿去了。当时你跳到海里。过了这么多个小时，这么多天，你重新出现，然后你不给我解释，还找我要解释。谁安排你演这个角色？我有什么解释可给你？"

"海盐让我掉头发，科尔库埃拉又在监视所有的理发店。但是我急需告诉你，巴塞罗那的大陆地台区被漂浮的潜水艇填满了，静候大事件发生，与此同时，系统危机也加速了。你知道今晚那些国际奥委会成员在商量什么吗？他们在商量要不要一定程度上允许服用禁药，因为如果不这样的话，就没有纪录产生，宏伟盛事不再，伟大的奥林匹克小事陷入危险。他们甚至担心如果不服用禁药，像那种娇生惯养的情况，现在的运动员不仅没法打破纪录，还可能在自己的阶梯上倒退。1992 年奥运会将以白种人的体育失败为人所知，尤其是美国的白种人。要是没有那些奴隶，没有黑人、中国人和其他东方人的统治，他们早就落入显著的灾难。我知道这可能只是一个简单的社会学问题，体育可能是那些经济、文化和政治上被征服的种族保留的工具……但是，你现场看见一百米短跑终点线上黑人的骄傲了吗？资本主义已经火力全开、举止不端地控制了一切，想把体育变成游戏中的一个变形怪兽。”

“所有这些和白种人有失去统治权的‘危险’有什么关系呢？”

“荒唐。你们用了四年时间准备这届奥运会，最后却面对一个问题：这是加泰罗尼亚的奥运会？还是西班牙的奥运会？与此同时，世界上创造出的所有利益都在奥运会的地下潜伏着，倒数第二个能给 20 世纪一点意义的机会，要以精神统治的面貌迎接 2000 年，至于亚特兰大，亚特兰大奥运会，没人会期待什么，不过是《飘》的第三部。那个美国奥运会的昆虫吉祥物不是很形象吗？他们管那叫作有揭示性的。但是，这是什么？你看看我们的种族已经堕落到什么程度？有七成的国际奥委会成员都参与了‘黑化’。种族妥协会在所有南方国家的人口爆炸中完成。像在这里，没人做爱，比如你自己。”

“我尽力了。我每天早上都吃三片韩国人参。”

“你别找借口了。宇宙范围内的性欲远比一个小资本家个人的性欲重要。四分之三的人口正在繁衍生息，为了有朝一日大举入侵富饶的北方国家，他们利用奥运会作为意识形态毒化的平台。之前的东西方对立，现在已经变成南北对抗。”

薇拉得出的都是什么毫无条理的结论？冲着一个白人主义

且君主社会主义的国际主义者？

“就是这样，你想象一下，如果南方的人就这么赢了，他们会切掉我的阴蒂，或者禁止我参加哑铃健美操。你不要以为不会影响到你，迂腐的庸人，如果南方赢了，你就不会有机会接触到任何资本主义产品，无论是个人资本主义还是国家资本主义，你连猪肉都吃不到。要是没有了灌肠和菜豆，加泰罗尼亚还有什么？或者如果西班牙没有熏肠？我跟你说过，那艘前苏联叛军的潜水艇一直漂浮在远离声源探测器的地方，等待一个决定。你不要以为那是准备在奥运会结束前占领巴塞罗那的唯一势力。梵蒂冈已经派出一支完备的驱魔小分队，驱魔员假扮成竞走运动员，准备了一个给奥运会驱魔的通告。听说那个波兰教皇本人就在巴塞罗那微服私访，伪装成捷克标枪运动员。”

卡瓦略无法克制兴奋。

“那么你遭到的那起袭击……那根标枪……是教皇！”

“应该是的，尽管他也不想这么做……他们跟我说了那个致命的投掷。那个贪婪鬼，什么都要，就像塞尔维亚谚语里说的：抱得越多，抱住的越少。教皇已经陈腐，尽管他拒绝接受这一点。布什。这个人很危险。这个人是最坏的……！布什总统还在犹豫那堆智能炸弹应该扔到伊拉克还是巴塞罗那，因为有人跟他说巴塞罗那距离巴格达很近，城市到处都是伊拉克人……你看，奥林匹克主义是延展最广泛的国际主义运动，标志着即将到来的时代的语言和行为。行了，你别再管奥林匹克革命了！”

他有那么多事情需要应付，再多一样又有什么关系？

“你跟我做爱吗？”

“我可就这么一个命根子，得用一辈子呢。”

“在你奔赴所有那些事件之前。”

“你的内部肌肉让我害怕。”

“一切都会结束得很快。”

为什么不呢？在他生命里的某个阶段，他曾经或好或坏地尊重过随着阅历不断丰富的原则，但是现在他想到的恰恰相反。新的经历带来的感觉总是要么曾经发生过，要么……无论如何，让其他真正新的或者更新的体验落空，就像马克思曾经阻止存在另一个比自己更加马克思主义的马克思一样。薇拉啜泣起来，她觉得被抛弃了。

“你要是知道我们这些名人的女儿过得有多糟糕的话。最悲惨的毫无疑问，是玛利亚·希特勒，阿道夫和长枪党女兵排一个西班牙队员的女儿。玛利亚是个特别美丽的女人，性生活却如风暴灾难，因为所有想引诱她的人实际上都是想在她身上找她父亲留下的痕迹。”

“也就是说，想和她上床的人其实是想上她父亲。”

“真是骇人听闻的粗话。”

到了这个时候，缺乏的欲望需要用喘气、用舌头的咂嘴声、唾液的自制和说出口都觉得羞愧的下流话来弥补，无论多么堕落，面对薇拉完整全套的肌肉，卡瓦略要是拒绝表露心意才是愚蠢。终于她用一只胳膊抓起他，推倒在床上，一招把他固定住不动，同时拉开他的裤子拉链。卡瓦略听见她自言自语：

“我没法在囚禁中做爱，这人也不行……”

他试图让自己的阴茎符合这个偏见论断，不过小东西开始有生命迹象了。邪恶呈多边形，感觉到被那充满肌肉的怪兽吸引。卡瓦略不再管。就这样，两个怪兽结合在一起。薇拉没打算讽刺什么，准备开始强奸侦探，就在此时，手枪冰凉的枪管放在她的太阳穴上。一个戴着联合国蓝色钢盔的人首先瞄准了女人，然后对准了卡瓦略，侦探这一次又全身，绝绝对对地全身，都降半旗了。

从巴格达传来的消息一点都不令人平静。萨达姆·侯赛因利用奥运会的契机持续性地言语攻击美国运动员，尤其是美国白人运动员：

“那些美国佬运动员，尤其是白人，一股猪骚味，不管什么禁药检查都是阳性。他们最喜欢的兴奋剂叫番茄酱。”

乔治·布什也不喜欢巴格达奥运会上的西班牙国王同谋犯，这个人总是以不同的体育形式出现，非常兴高采烈，与冈萨雷斯和塞拉这样的年轻西班牙社会主义者表现出的克制与疏离相距甚远。

“谁说他是巴格达之王的？奥林匹斯山上的神？谁出主意把奥运会交给巴格达来办的？”

布什总统问他的担架兵。这些士兵每天早上都在布什慢跑锻炼的时候跟着他。

“奥运会不是在巴格达举办，是在巴塞罗那，更东边一点，差不多靠近叙利亚了。”

国务部的占卜者这样告诉他。他通过观察一只肯德基炸鸡的肠子得到启示。布什出于天性表示怀疑，不过他更不相信地图，上面全是离美国国境线很远的领土。

“什么叙利亚伊拉克，又怎么样。”

布什因为当天早上的第三次梗塞摔倒，又像脚踩弹簧一样站起来，脸上带着老糊涂的微笑，竖起两根手指做出胜利的手势。不管看没看见他摔倒，他的妻子都已经穿得像个寡妇了，长筒袜上缝缝补补，苦笑着，像一个流浪女绽开抹着“芮谜”①牌的口红微笑。

“芭芭拉，去散步吗？”

不过他还是克服了悲伤或者说是道德尊严，记起自己是地球上最强大的国家的总统，是宇宙的道德领袖。

“执行‘为加泰罗尼亚自由’行动。”

“您有我全部的尊敬，总统先生，”参议院议长在跟随总统的慢跑步伐三个小时后精疲力竭地躺在担架上插嘴说道，“我觉得用炸弹炸了加泰罗尼亚虽然明智，还是太莽撞。不妨先试试奎尔②效应。”

“想得不错。”

布什表示，接着又第四次跌倒了，这时他已经离白宫后门的石阶很近了，他的妻子每天早上都穿着寡妇装站在那里等他，以防过度运动引发令人畏惧的死亡。

“去向卡尔·波普尔③咨询一下奎尔效应。”

---

① 全球历史最悠久的化妆品牌之一。

② 丹·奎尔（Dan Quayle，1947— ），美国第 41 任副总统，时任总统是第 41 任总统老布什。

③ 卡尔·波普尔（Karl Popper，1902—1994），维也纳人，犹太裔哲学家，批判理性主义的创始人。

人们正在忙着给波普尔擦临终前的“圣油”，不过老人家还是表示只有美国充满能量的行动能避免奥运会变成一场社会和封闭文化的宣言。去问波普尔的不是别人，正是流亡中的加泰罗尼亚自治区主席，不过没人想起来问一下他为什么流亡。

“波普尔先生住在这里吗？就是您啊。卡洛斯[①]您好。我是霍尔迪·普约尔。加泰罗尼亚政治家。加泰罗尼亚震怒的圣母玛利亚。那给您带来噩梦的……地中海的奖赏。”

“地中海不存在，不过真正的问题不是这个定义的意义，而是科学命题、伪科学命题或者形而上学之间产生的位移。”

“你为什么要跟我说法语？”

“那是最开放的语言。”

“那你现在就给我说出这些话来？听着，我的朋友布什请我找你问问奎尔……你觉得我们任由奎尔效应席卷欧洲怎么样？”

“那个维也纳回合先生懂什么？”

“他妈的！我觉得他好像啥都不懂！”

“我们周围都是狗屎。”[②]

副总统奎尔正在吃他最喜欢的一道菜当早饭，坎贝尔牌罐头龟汤，他用叉子吃，这样就能延长那味道带来的愉悦感。布什的电报送到的时候（电报给了他全权插手巴格达奥运会的自由），奎尔提出的第一个要求就是让蓝头盔们[③]干预，紧接着他写了比起公文更像私下信笺的字条给“尊敬的库尔德斯坦共和国主席霍

① 波普尔名卡尔，普约尔直接自动对应成西语名字卡洛斯了。

② 对话部分原文为法语，译者根据作者在注释中提供的西班牙语版译成。

③ 指联合国维和部队。为了方便辨识，联合国规定执行国际维和任务时各国的军队都头戴蓝色头盔，是联合国旗的颜色。

尔迪·普约尔”：“投降吧，重铸民主，然后我们再聊。”（文体修改器得用到极致才能让这两行字合乎文法。）

要解释为什么薇拉对卡瓦略的施暴会被联合国军的一个蓝头盔打断，“很有必要”知道前面发生的事。实际上没人注意到国际伞兵在这座城市降落，而奎尔所写的礼节性解释与合法化便条给邮政系统带来很大麻烦。那上面写的是“加泰罗尼亚库尔德斯坦共和国总统先生（收）”。如果说，到这个时候，只有一部分政治和奥林匹克当局藏了起来使用替身，那么，这样一封如此咄咄逼人的信件引发了大面积的恐慌。这该送给谁？如果最后得出结论这个名号是一个比喻，那么谁能担得起加泰罗尼亚库尔德斯坦共和国主席的位置？普约尔从流亡中发表声明说，直到奎尔学会政治地理之前，他都不会承认那是指自己。不过这并没有赢得时间，流亡中的前苏联潜水艇已经在地平线上探出潜望镜，一些失去耐心的奥林匹克改革家开始抚摸各个种类的扳机。卡瓦略和薇拉钻进联合国蓝头盔们的蓝色吉普车里，联合国是仅存的不与奥运会安保合作的精神警察，汽车驶向蓝色的联合国最高指挥部。卡瓦略遭到完全不同的拘留仪式，更像是一场抽象的拘捕，由抽象的“超国家”执行，武装力量也同样抽象。指着他的机关枪却是具体的：闻起来有被润滑过的金属味道，仿佛监狱大门或者断头台。押送的巡逻队没有透露任何地方感情，也就是说，不让人感觉到他们属于任何一片领土任何一个地方，好像他们是“大规章制度”基因的产物。一个如此抽象的情况是不能用粗鲁的自然主义行为作答的，所以卡瓦略的举止显得他自己也不是一个具体或抽象的人。薇拉却发出最不合时宜的自然主义行为噪声，念叨着诸如“我要求我的律师到场”之类的话，或者“不要碰我，帝国主义警察”，最后，她以背诵诗句完美收场：

别人会前来
会看见我们没看见的
笼罩到手肘的阴影里我已不知道
我们因为什么出生
我们为了什么活着

当他们被带到联合国秘书长布特罗斯–加利[①]面前的时候，一切抽象都结束了。那是一个干瘦的、世界性的埃及人，一点都不像象形文字里记叙的或者达雷尔[②]作品中描写的人物。他随即告诉两人这场引人注目的拘捕的理由：

“这是职业操守问题。这些士兵中很多人都是大学生，甚至有神学院的，但是没人给他们上过职业养成的课程，那才是真正重要的。相信我，卡瓦略，我绝望了。”

塞尔维亚女人不想向敌人妥协：

“你是新帝国主义的走狗，双重叛徒：背叛了被资本主义强

① 布特罗斯·布特罗斯–加利（Boutros Boutros Ghali，1922—2016），第6任联合国秘书长，任期1992年1月至1996年12月。埃及人。任期内主张扩大联合国在维和运动中的作用，参与处理波黑、索马里、卢旺达等问题。

② 劳伦斯·达雷尔（Lawrence Durrell，1912—1990），英国作家，撰写过以埃及亚历山大城为主题的“亚历山大四部曲”。

奸了的阿拉伯人民，也背叛了全人类，你让他们相信了你的谎言，以为你是插手各种事端的中立力量。”

“薇拉小姐！您已经注意到了一切，这太让我高兴了！是时候了。请你们相信我，我真的绝望了。没人注意到任何事。实际上，我只是所谓的国际秩序的纯粹幻象。”

“那就去他的幻象。您给自己设计了敌人吗？马利斯加尔本来能伸手帮你一把。”

“伟大的设计师！这个瓦伦西亚人属于全世界！这种便宜事儿可不会掉下来。马利斯加尔很贵的，我不否认联合国的公务员薪水也很体面，但是没到那个地步。您和马利斯加尔有什么关系？”

他说得太多了。薇拉咬了咬嘴唇内侧，右臂的三头肌爆发了。

“您以为您能改造我？”

彻底的沉默。卡瓦略想逃离这尴尬的情况，就开始说加泰罗尼亚地区最近雨下得多么频繁。

“既然您说到了……真是这样！我以为整个西班牙都是沙漠，所以专门带了一大油槽卡车的尼罗河水。”

“加泰罗尼亚地区雨下得这么多，不利于西班牙人与土地的合一。”

“很不幸这总是造成某种程度的冒犯。”

“西班牙有很好的水……而且很多……当初我们要是做一个好的水文学计划就不会陷入困境。”

“您别跟我说这个啊……我绝望了。这年头谁做得好事情？

您厨艺很好……这我有所耳闻。我试着做过《亚历山大玫瑰》里的某个菜谱，结果并不总是好，不过有时候……我喜欢拉曼查式冷汤的菜谱。简直像一本地中海文化下的古希腊通用语：古罗马、阿拉伯、伊比利亚文化的元素都有……揉面，多神奇啊！……然后在火炭上烤面团，使用的原料从卑贱的荨麻到壮观的野兔，一起做出囊括了全世界的菜肴……而这寡居的冷汤……这脱粒的冷汤，就像您叫它的那样……饼和作为配料的南瓜，土豆，软蒜，辣椒，番茄……”

“那是和脱粒工具一样古老的菜肴。”

“在土豆从美洲传过来之前，放什么呢？”

“用南瓜就够了。美洲人让我们充满了人为需求。”

加利吮吸着手指，真正专注投入地吮吸。挨个手指吸过去。用舌头正面，就像非常亲爱的狼狗，或者有自卑情结的女恋人，或者妻子或丈夫本人因通奸而充满罪责情结。

“有人跟我说了一个茄子和对虾的菜谱……您知道茄子是地中海地区的原生食材……实际上那也是唯一既不属于北部又不属于南部的地中海原生食材，我恨不得把茄子塞进地中海主义将来的旗帜上。”

“设计真不是这家伙的强项。”

塞尔维亚女人直言不讳地说，还毫不客气地加了一句：

“够了，别再说令人厌恶的食物了，都是人体的生物降解。你们就只想着吃，想着用维萨卡为你们吃的东西买单。等资本主义完蛋了，你们连怎么设计空盒子都不知道，你们用什么盛食物呢？”

“您看啊，我聘请您是因为您像拳头一样说实话……请相信我，我真的绝望了……但是我们还是接着说对虾和茄子吧……”

尽管已经说了可以在《南方的海》[①] 这本书里找到非常详细的介绍，卡瓦略还是耐心地向加利解释了这道菜的菜谱。加利恳请他好事做到底把这个菜谱写下来，他对笑话和菜谱的记性都很差。卡瓦略忽略了薇拉脸上厌恶的表情，后者正在内腭里咒骂着卡瓦略的菜谱里散发的混合味觉。加利欣喜若狂。

“等我跟我妻子说是卡瓦略本人给我写的这个‘茄子烘焙对虾’的菜谱！”

加利的饮食好奇心无穷无尽，卡瓦略留意到薇拉凶狠的目光正在迫切要求他不要做这场荒唐闹剧的帮凶（对卡瓦略而言，他的荒唐闹剧探测器已然退化），决定照顾一下她的感受，和加利讨论饮食细节的时候保持谨慎。

“奶油蛋黄白色调味汁必须用海虾头的汤汁做吗？”

“嗯，那就够了……不过要特别注意用的虾头的数目，如果汤汁出来太浓了，调味汁做出来就像海虾糊了。”

“果然！烹饪要讲究均衡……”

“还有耐心。”

“还有耐心。据说一个精通埃及菜的人——埃及菜那可是棒极了的，好吧，很埃及，很埃及——比土耳其人更会讨论东地中海菜，尽管叙利亚人和黎巴嫩人都把地中海菜本土化，他们都止步于自己发现的那些。而我们埃及人比任何人都更会煮

① 本书作者写的另一本书。

蚕豆。”

“蚕豆在安达卢西亚和加泰罗尼亚用得很多。”

“那一定是受阿拉伯影响。”

“我怀疑这一点，因为人们是用蚕豆煮猪肉……火腿……灌肠。”

“你们试过蚕豆沙拉吗？那些叙利亚人和黎巴嫩人根本想不出那么一道酸酸涩涩的美味佳肴。”

“够了！”

薇拉爆发了。

“够了！”

加利不知所措地看看卡瓦略，又看看薇拉。

“我以为您是塞尔维亚人，不是叙利亚人或者黎巴嫩人……”

“您跟我们胡扯得够久了！您叫我们来是为了谈烹饪的？”

加利费了好大劲才合上嘴巴，适应了惊吓。最后他悲伤而坚定地说：

“既然这样。我在想……你从哪里来？你往哪里去？这场运动员集会上根本没人把我当回事……唯一以尊敬态度对待我的就是国王陛下。他真是职业。他每次看见我都能问出一个恰到好处的问题：‘你好布特罗斯，金字塔怎么样了？要好好保护金字塔呀，这年头可造不出那样的东西了。’……要不是有他！奥林匹克宇宙秩序的幌子才不能和作为国际秩序幌子的联合国共存呢！简直让人不自在。我就像一个无用的冗余。我绝望了……”

薇拉的眼睛里依旧闪着不信任，但是卡瓦略接受了这个状况。他把一只手放在沮丧的加利肩上，自告奋勇地说：

“我马上就去波盖利亚市场[①]买需要的食材，回来给您做茄子烤对虾。”

加利都说不出话了。他抓起卡瓦略的一只手。亲吻这只手，紧接着眼泪就打湿了它。不过他激动的权利没能享用多久。一脚踹门的声音，门板已经倒在了地上。敞开的门洞里，科尔库埃拉和他的全体警员走了进来。

“我一直在找你们两个……这个阿拉伯人是谁？”

加利立正站好绷紧身体和自尊。

“布特罗斯·加利。联合国秘书长。”

“那我还是奥尔特加·伊·加塞特呢……这个摩尔人没伤到你吧？卡瓦略，别耽误了。大事不等人啊。”

“我刚刚荣幸地得到卡瓦略先生今晚为我下厨。”

科尔库埃拉用皱得最糟糕的眉头打量着卡瓦略：

“做顿小饭是吧？世界正在坍塌，没有什么一如从前，没有人是以前的自己，这两个家伙还想着做顿小饭。晚饭吃什么？”

“茄子，海虾，火腿，奶油蛋黄调味汁，厚奶酪……都烤一遍。”

“他妈的！想得不错啊。”

两人注意到科尔库埃拉想被邀请，考虑到内务部所有大臣的共同意愿就是当自己手下的老百姓。卡瓦略妥协了：

“四个人吃饭的地方五个人也能吃。”

“四个人吃饭的地方就是四个人吃。”

---

① 波盖利亚市场（Mercat de Boqueria），巴塞罗那最古老、最地道的食品市场。

薇拉打断说。

“我可不想跟服侍资本主义到老的镇压者一张桌子吃饭。”

科尔库埃拉不能理解，捶着脑袋，力度太大神经瘤都要从耳朵里跳出来了。

“这个斯拉夫灵魂是有多大怨恨！”

无论场合好坏，这顿晚饭都吃不成了。

多支游击小分队瓜分了加泰罗尼亚的各座圣山，这些山头无论如何都是神圣的，因为从神奇的“前宗教”时代开始，它们就用于祭拜，经历了各种层次的“类宗教”，包括类似圣殿骑士的特别仪式，最近的是霍尔迪·普约尔进行的现代化民族主义仪式。这位加泰罗尼亚自治区政府主席把仪式进行了很大程度的简化，只需要说几个单词（无论是不是公开，哪怕独自一人）就行了，允许朝向西方不受控制地挤眉弄眼，允许在抵达和开始往下走的时候哼唱萨尔达纳舞曲。主席普约尔本人发布了一则通告，不问暴力从何而来，主要表达他对暴力的震惊和拒绝。这些游击队员里有反悔的奥运会志愿者、奥林匹克人士中的改革派、底层基督徒、赤足什叶派教徒、前法国五月革命斗士、德国七月革命斗士、沙伊安之秋的斗士和演唱抗议歌曲的歌唱家。

那些民族恐怖主义者更愿意将自己的编制保持在地下，城市游击队和七十年代大都市印第安人的不同分支却冲到大街上伪装成奥林匹克朝圣者或者巴尔干战争遗孤。至于梵蒂冈教廷派来的驱魔员，哪怕在科尔库埃拉派了一个营的伞兵协助他们，还是几乎完全插不上手。西班牙政府给教皇寄去空白委托书，依旧装扮成捷克女标枪手的教皇在奥运村的秘密地下室里指挥驱魔员的行动：

“诸位今天所有去魔鬼化的行动，都给我省去了明天的工作。”

科尔库埃拉表示赞同。教皇目不转睛地看着他，头和身体却是偏斜的，这是“演员工作室”提供的技术建议。

“你是教廷的好孩子吗？”

“我有信仰……怎么跟您说呢……我们终归不是从虚无里冒出来的。”

“可是总有一个信仰胜过其他。”

“我是信点什么的……但是……很抱歉……我不信神父。”

“那我呢？我是谁？消防员吗？你已经多久没有告解了？你用预防措施吗？”

“有时候……但都是那些关于惩罚的……”

教皇试图侵略科尔库埃拉，但是蓝头盔们介入进来，大臣离开听众席，像一个蛇怪，比进来的时候更坚信无神论了。

“这不是教皇，这就是一个性沮丧的运动员。”

他没时间也没意愿在神学思想方面重建自我。这个紧要关头，这场危机濒死的最高点，科尔库埃拉觉得很累。卡瓦略和薇拉看着地图上的战略源头，觉得大家好像在准备季度末余货之间的战争，手段和思维都是一样的，得益于思想的大减价或者用舌头说话和写作时多出来的东西——以前那都是用来建立记忆与欲望之间的诗学张力的。然而尽管如此，从大场面的逻辑出发，为了自我理解而付出的努力也已经补偿了所剩的努力和理解：以意大利歌剧与席勒自由颂集锦为基础的奥运会闭幕式，和由第六舰队负责、因为宇宙警察的地缘政治知识碎片造成的巴塞罗那大轰炸，哪一样更好？

“卡瓦略，你更喜欢哪一样？”

塞尔维亚女人问道。

“我投降。”

“向谁？”

“这就是问题。一个人都不知道该向什么或者向谁投降。”

但是他的自爱——也就是说，他的职业操守——让他不会在找到失踪者之前举白旗认输。而薇拉坚称自己不知道他们在哪儿。

“这个世界充满僵尸，你却操心一些具体的失踪者。”

“僵尸是无名的人群。我要找的失踪者是有名有姓的。”

卡瓦略要求和参与这场噩梦的最高掌权人面谈，接到的却是一本上诉流程指导手册。问题彻底解开了。在检查了所有的奥运场馆设施之后，他推断关键的地堡应该在普约尔喷泉下面，那是西班牙广场正中心的喷泉，尽管设计师很有天赋，重建也花了很多钱，还是建得异常恐怖。那是一个掩体。唯有这样才能解释它存在的意义。于是卡瓦略走近一尊最合适的雕像，断然命令道：

“我全都知道了。我要跟真正的萨马兰奇对话。”

那尊雕像挤了挤眼睛。

“难道连阁下都不是看上去的样子吗？”

“您为什么要侮辱我？我一直是一尊雕像……我这辈子都是一尊雕像……您想和萨马兰奇先生对话，是还是不是？”

“您是真的萨马兰奇吗？”

“我不是谁是？今天疯人院放假吗？”

萨马兰奇生来就是19世纪兴起的加泰罗尼亚工业资产阶级，这个阶级，无论是否自愿，都帮助他形成了一种民族意识，而这种意识的确从来没有脱离马德里——市场经济之父。他作为公子哥和长枪党的过去早已被原谅，尤其是在一个这样的西班牙——这个西班牙把自己的政治转型变成像橄榄油一样的出口产品，外加一些悲剧性的词语：绝望、游击队员、“热情之花”[①]……国际奥委会主席为这项多国体育盛会安上的生产标准是：但凡不是比塞塔（或者英镑、美元）的东西都是不值钱的，只要摆上扑克牌——已由亚特兰大洗好——拍卖也可以成为奥林匹克运动项目。怎么能想象亚特兰大奥运会没有扑克牌或者骰子游戏？

生活和历史把萨马兰奇变成了一个实用主义者，他践行马克思的原理，即要想了解一个国家就必须喝那里的酒、吃那里的面包，入乡随俗。他在自己的国家加泰罗尼亚接受加泰罗尼亚化，以防加泰罗尼亚主义者造成秩序混乱。他接待卡瓦略时穿得像加泰罗尼亚农场主的儿子，头上戴着无檐无舌的帽子，上面突出印着奥运五环。

“我总算和您直接对话了。到目前为止派到我面前的都是您

① “热情之花”是西班牙共产党领袖多洛雷斯·伊巴露丽（Dolores Ibárruri，1895—1989），多次代表西共出席前苏联的党代表大会，西班牙工人阶级的领袖，内战后流亡前苏联38年。

的替身。”

“卡瓦略，您对我们来说很管用。那些捣乱元素试图把我们的奥运会变成一场爆炸、一场世界暴力的丑闻，您对他们起到了伊玛目[①]的作用。他们的计划主要涉及世界上刚刚分裂的那些国家和民族。阴谋从奥林匹克村的一次总演练就已经开始。您能想象伦巴第代表团和罗马尼亚代表团之间、或者加泰罗尼亚人和阿拉贡人为了埃布罗河未来的分支走向而连续互相射击吗？所有这些都被设计好了，我们在奥运会开幕前几个月得到了完整的情报。如果消息准确，阿拉贡民族荣誉协会当时已经成立河流特别指挥办，准备一夜之间喝干埃布罗河，目的就是不让加泰罗尼亚人用上他们的河水。而加泰罗尼亚人，无论付出多少代价，也时刻准备着跟埃布罗河水决一死战。然后就是马克思主义。”

“还是马克思主义？”

“还是那个九头蛇一样的马克思主义，最伟大的将军佛朗哥比喻得最恰当。马克思主义千变万化，能改装适应一切，还能迷惑一切。阿拉贡民族荣誉协会从不均衡发展的不公正性原则出发……”

“这篇人们耳熟能详的由希尔菲灵、列宁和华特·迪士尼合写的论文已经被人文学院那些婴儿哲学预言家精妙反驳了。”

“我不知道迪士尼还在这件事上发过声……不过，请别打断我。我好不容易集中注意力。有些没良心的人坚称各区自治的西班牙内部存在帝国主义。从现在直到这个千年的末尾，都不会再

① 伊玛目：意为领拜人，引申为领袖，学者，楷模。

有这样不稳定的景况。如果我们拯救了奥运会，我们就拯救了那个想象中的奥林匹克。站在我们这一边的有地球上最强大的赞助商，对面则是一大群犬儒主义的风俗论者，他们跃跃欲试想拯救人类历史、道德、乃至奥林匹克精神。一切都进行得很顺利，直到布什总统被那些电线绊倒，都是他那些早间田径惹的祸。”

“可是，巴塞罗那海湾前停的苏联潜水艇呢？还有那个塞尔维亚健美运动员？这些都是奥林匹克人。”

“什么奥林匹克人！谎言。他们是马克思主义者！他们还必须一直当马克思主义者，因为如果他们不当马克思主义者了，我们是什么？我们是谁？您看出来我们有多么民主了吗？他们先自动不识别自己，我们才能不识别自己。那个女人是克格勃的最后一批间谍……恰好流放在一架非控制核潜艇上。”

“那帕拉上校呢？”

“一个理想主义者，以为自己长大了……却从来没做到。我年轻的时候也是理想主义者……我想当个法西斯分子，拳击选手……客迈拉。后来我想成为现在的样子，现在您已经看到了。如此丰饶的生命。”

“那些失踪的人呢？”

“修女、社会主义镇长……这样的人一堆一堆的。并不特别让我担心。”

“伯纳德·亨利·列维也被绑架了。”

“谁？”

“一个新哲学家。”

“多大？”

"大概……四十五岁吧……"

"那他也不是很新了。"

"他总是穿得很新，后现代哲学最好的上衣闪闪发光。那衣服能穿很久。"

"哲学家注定要失踪，要是不失踪，我们就把他们都算在国家理性的账上。"

"要是我们找不到帕拉上校，我就要挑事了。是我把他扯进这个麻烦里的。"

萨马兰奇把一根手指放在嘴唇中间示意他安静，穿过地堡的走廊向卡瓦略走来。大厅里装满假肢和其他美容工具，国际奥委会的委员们正在把自己染黑以达到亚特兰大奥运会要求的高度。在这个地下苏联行宫的大厅里，戈尔巴乔夫和赖莎表示如果人们不放弃记录在案的工资而遵循补充合约，就拒跳俄国改革的华尔兹，仿佛他们是金格和弗莱德①，玛西娜和马斯楚安尼②。

"我当过世界上最强大的政党的总书记！世界两大超级大国之一的政府首脑！"

"那我呢？我教过历史物质主义的课，我的贡献是让苏联实际上没有任何历史物质主义者。"

赖莎和丈夫抱成团。

"来吧，去死吧，你们这些红色分子。"

一个外交官回答了他们，大家都叫他"Chencho"，包括那些

---

① 意大利导演费里尼晚年执导的喜剧《金格和弗莱德》（又名《舞国》）的主角，两人是一对踢踏舞搭档，年轻时曾经是风靡一时的美国舞王舞后。影片聚焦的是他们年老后的故事。

② 玛西娜（Giulietta Masina）和马斯楚安尼（Marcello Mastroianni）是饰演金格和弗莱德的演员。

国家首脑和足球俱乐部主席。这位外交官工作的服务对象像顶级空姐面对的那样变幻莫测，一会儿是一对落入不幸的前苏联夫妇，一会儿是亲自在奥运村街头兜售西瓜哈密瓜品牌的代表。晚上他喜欢化装成吸血鬼，尽管没听说真的咬伤过谁。这样的行动主义和一定的意识形态迷失带来的后果就是他在赖莎和她丈夫面前极易生气，他无法原谅沙皇及其家人遭遇的刺杀，也不能原谅菲德尔·卡斯特罗执拗的幸存。

这一幕发生在一面巨大的镜子前面，镜子里的尽头浮现出巴塞罗那的大陆地台区。那里确实有无数潜水艇，但是这些潜水艇并不是老掉牙的真机器，而是由马利斯卡尔设计的，那些在城市其他基地安装爆炸物的人形青蛙也是他设计的。

“帕拉上校在那儿吗?”

萨马兰奇做了一个手势，下令让一个强大的潜水反射镜在水中寻找“上校”：他就在那儿，挥臂划水寻找他的目标，有时候歇一歇，用手遮阳罩在眼睛上面，观察地平线，然后用进阶版的热情继续划水。

“科尔库埃拉呢? 安妮公主呢?”

“都是二流演员。”

屏幕上，政府首相和安妮公主正在尖叫着吵架。

“我母亲是一位来自人民的谦逊女人，而你的母亲……”

“你有什么好说我母亲的?”

“说她在卧室里挂了太多心血来潮的东西!”

“那是因为我们的社会是开放的社会。读读波普尔先生……蠢驴……读读波普尔先生。”

“我会给你开放的社会……”

盘子四处乱飞，萨马兰奇终于忍无可忍一脸不快地切断了画面，自言自语地念叨这比黑色人种地位的要求更令人恶心。曼德拉一直站在萨马兰奇身边，他们为了就黑人现实问题提供建议新近结成朋友。而尼尔森则有点不耐烦，因为萨马兰奇就是那种会问出诸如“黑人是天生的还是后天的？”之类问题的人。

“多么慑人的一幕啊！致力于公共秩序的大臣一般都是平民。至少在西班牙是这样。有一次他们提名加泰罗尼亚一个显赫家族的继承人克鲁耶斯·德·佩拉塔拉达先生做这个部的副秘书，他也是巴塞罗那大贵族文多萨家的女婿。当时我的一位贵妇朋友精妙地定义了这一情况：太恐怖了！文多萨家的女婿，卫兵队的头子。当然这位女士对卫兵队并没有任何不满。恰恰相反。但是我们的资产阶级总是更倾向于卫兵队的人出自另一方。这可以说是身份地位的自私，可以这么说，但是也反映了一种精神状态。卡瓦略先生，奥林匹克主义是很微妙的，看上去强大，其实却很脆弱，所以我们这些和它一样微不足道的人最适合为它效劳。”

“那奎尔效应呢？还有北美的威胁？”

萨马兰奇和气地微微一笑。他把世界上最大的体育材料制造商叫到身边，对他耳语了几句，让他用移动电话拨打白宫。

“乔治啊，听好我跟你说的，并且把它传达给那些你找来的天才副总统。你要是给我炸了巴塞罗那，你这辈子都收不到我这个品牌的运动鞋了。下葬时候都穿不上。巴塞罗那！巴塞罗那！不是巴格达。看好地图！”

他挂断电话，对萨马兰奇挤挤眼睛。萨马兰奇也回以一记颜色，巨头走开了，卡瓦略谨慎地相信自己是被他的流利程度（还有这个人物称呼美国总统的方式）给惊呆了。

“他领导着控制总统的游说团体。我还听过更加有能量的语调。他要是真发怒了，对我会至少从白痴骂起。”

奥林匹克地堡里气氛紧张，等待着北美危机化解。萨马兰奇花了一部分时间练习吟唱黑人灵歌，想在亚特兰大奥运会开幕式上给人留下最佳印象。西班牙奥委会主席堂·卡洛斯·费雷尔·萨拉特更倾向于自由爵士，因此被指责为白人中心主义。摩纳哥王储学会了击打空铁皮桶，还会用种族电影里传统配音的黑人口音说：

“听着。小黑鬼想知道什么时候供应咖啡？”

国际奥委会里没有一个成员不为1996年准备背景音乐的事操心，只有安妮公主拒绝煽动性的让步，因为萨马兰奇认为她应该穿着三K党制服出现在亚特兰大，毕竟美国南部重要的一部分人口依旧是种族主义者，这可不是闹着玩的。实际上，这些国际奥委会代表刚结束用地堡和麦当劳提供的黑人补贴举办的速成短训班，学会了给那些总是赢得不很好看的获胜者戴奖牌。从政治角度而言，唯一有收益的奖牌都被西班牙人摘走，他们以此夸张地炫耀本国的历史竞技功绩。所有其他奖牌不是确认那些连冲澡水都没有的国家已经获得竞技解放，就是叫停了某个像独联体①一样无法论证的国家。如果一个国家曾经叫苏维埃社会主义

① 独联体（CEI），即独立国家联合体，苏联解体后由部分原苏联加盟共和国协调成立的一个国家联盟，属区域性政治性政府间国际组织，总部设在白俄罗斯首都明斯克，工作语言为俄语。

共和国联盟，谁真相信它还能叫独联体？时不时有消息传来，确认后现代主义的确扎根立定。前南斯拉夫种族灭绝集中营的发现不仅夯实了奥林匹克理想——与种族观念相反，波斯尼亚人、克罗地亚人、塞尔维亚人、黑山人都在巴塞罗那参与体育竞赛——还给人留下了现代化自己兜了个圈子的印象，纳粹或斯大林古拉格集中营的经验没有被超越，也不值得被超越。要是毒气室已经能展现他们的效率，还要先锋实验做什么？在逃窜中用机枪扫射婴儿是无法逾越的历史所进行的残酷演习吗？还是圣经式的种族灭绝的再创实践？没法教会这些人类凶杀犯任何其他事情，他们只会通过体育运动遮盖自己的死亡之舞，当战争无用，就给他们都戴上奥林匹克奖牌。西班牙首相已经准备好把流亡在外的储备国王交给联合国，西班牙储备着这些国王，视他们为珍宝，几乎抱有收藏家的某种贪婪心，此时此刻在国内流亡的就有四位西班牙国王候选人：波旁王族的胡安、他的儿子胡安·卡洛斯、波旁和帕尔马王族的卡洛斯·乌戈，以及阿方索·波旁·丹皮埃尔。

“如果需要这些流亡中的国王来重新恢复后现代化格局，赢得全新的国际秩序，就把他们拿出来。西班牙懂得如何维持自己做出的国际许诺应该保持的高度。也许会有几个重复的。比如有两个在格鲁吉亚，巴格拉季昂[①]王子和他的妹妹。”

西班牙的胡安·卡洛斯一世在没有公开宣布的情况下接受

---

① 巴格拉季昂（Petr Ivanovich Bragation，1765—1812），拿破仑战争时期俄军中最著名的少壮派将领，曾率领一支神话般的军队。后来“二战”期间苏联四个方面军对德国中央集团军群的攻势也以“巴格拉季昂”命名。

了政府最高长官的任命，不过私底下他告诉自己的亲信，国王并不是天生的，必须培养自己，按照《在位国王及王储永久职业培训手册》锻造自己。

“要刻苦学习。必须非常刻苦学习才能做好这项职业。”

不过在庞大的奥林匹克家庭中，有了萨马兰奇，国王仅限于分享快乐、悲伤和动向。

“卡瓦略，对我来说，这些南斯拉夫的消息让奥林匹克变得苦涩。”

萨马兰奇承认道。

“他们本可以至少等到闭幕之后。”

一位游手好闲的奥林匹克王子发表意见说。这时消息传来，奎尔副总统并不好说服。尽管地理教授轮番上阵提供各种报告，尽管他们都是北美和高加索人，他完全不上当：巴塞罗那就是挨着巴格达，满城都是阿拉法特的亲戚，那里是美国国土安全的首要军事目标。

“包括阿拉斯加。”

奎尔慷慨地强调。布什总统给吐司面包涂糖浆时用力过猛导致一边肩膀脱臼，健康状况堪忧的他决定派出一位健美运动员作为他的个人代表出席奥运会闭幕式。这位运动员和肯尼迪家族中的一员以及阿诺德·施瓦辛格都是姻亲，比专家做出来的、有种族矛盾的纸机器人更像特效作品。奥运会尽是些好看不中用的东西，整个西班牙已经精神错乱，尤其是加泰罗尼亚，所以甚至没人抗议这个政治上荒唐至极、体育上怪里怪气、象征愚蠢的决定，又或许是因为从臆想中的绝对智慧出发，没有比选择最明显的面具更好地揭去面具的方式。阿诺德和奎尔水火不容。作为毋庸置疑的终结者，在奎尔下令轰炸巴塞罗那的危急关头，他从一艘带核航空母舰的指挥桥上冲向这位副总统，将一切变成斯皮尔伯格的特技效果，而且还不是最幸运的那种特效：一个狡诈杀人犯的婴儿被扔进西班牙污染最严重的河里，河流污染的严重程度让奎尔一触到水面就只剩下一根脊椎了。从码头到新港，市民们蜂拥而至，前来观看奎尔副总统变质的奇观，拼命鼓掌，相信这是施瓦辛格为他们奉献的一场体育表演。卡瓦略通过望远镜看到薇拉痴迷地靠近这位美国健美选手，像暗夜中的飞蛾被光源吸引，当她抵达这面不可逾越的肌肉墙，塞尔维亚女人开始用指尖在面前这位运动员山峦起伏的身体上游走。

“你是怎么做到这样的奇迹的？”

“器械健身和均衡饮食。”

“你吃什么？”

“我不准备给你任何提示。我早上起来以后吃十粒生命精华胶囊、八个鸡蛋白、两个无油煎鸡蛋黄、两份燕麦块混合草莓、牛奶咖啡、一瓶盖复合素、三粒韦德动态脂肪燃烧胶囊。上午做过健身房运动之后，二百五十克鸡胸脯肉，一个非常大的熟土豆，用营养调料白煮蔬菜，三粒韦德动态脂肪燃烧胶囊，一克维生素 C，多重矿物质片和康普莱斯顿牌维生素 B^+片。午饭是十粒生命精华胶囊，三片水果。晚饭我可算是大吃大喝饱餐一顿。你自己评评看，一片二百五十克的里脊肉、全熟的米饭、三粒韦德动态脂肪燃烧胶囊、一克维生素 C……哦，我忘了下午的训练之后我还习惯吃十粒生命精华胶囊和一两片水果……睡前我还要吃一份打散的蛋白质……你知道的，那种蛋白质粉，还有脱脂牛奶，一根香蕉，一勺蜂蜜……当然是没加工过的……这个细节很重要。未经加工的蜂蜜。”

塞尔维亚女人舌头都伸到嘴唇中间了：

“你说得我都流口水了！”

“你们这儿的饮食太糟糕了……人们都跟我说西班牙食物简直是荒谬。”

“你知道的不多。从饮食学的角度说，西班牙人的确有待开化。别的方面也一样，除了设计。我和一个饮食学变态住在一起，他塞给我的饮食计划居然是蒜油鳕鱼和蘑菇烧熟猪蹄。”

阿诺德用充满肌肉的手抚过自己脸上的肌肉，他并不像第二天某些记者评论的那样想用手抓住这些肌肉，而是表达了一种由饮食上的认同引发的深刻同时无限的温柔。薇拉伸出她的肌肉和阿诺德的肌肉相结合。在获得了性自由之后，卡瓦略又回到自己惯常的位置。他的职业，他的力比多显然更热衷于单一维度。

“我晕头转向了。”

卡瓦略说道，万一萨马兰奇表现出更清楚假冒戏码，而不是1992年奥运会的真相。

“去和奥林匹克哲学家哈维尔·鲁伯特·多斯·文多斯聊聊，他会给你说得要多清楚有多清楚的。”

胡安·卡洛斯国王陛下在告别的时候这样建议道，接着又继续用指背敲击着从不离手的工储手册，虽说这本书很大一部分都是他自己写的。

“这本书里说，哲学家对一切问题都有回答，如果他们没有，就会去找一个回答来……再见，卡瓦略。你要小心。听我的。把时间交给时间，恰罗就会回来。更悲惨的是布罗木洛……可怜人……死亡，卡瓦略。这才是唯一真实的失败。”

卡瓦略对哲学家、社会学家或者类似人物并没有及时的追踪了解。不过多斯·文多斯造成的影响他有印象，那是一个加泰罗尼亚–巴西裔思想家，《新观察家》发掘了他，这次发掘异常彻底，他甚至决定改掉自己的本名。把有重音符号的文多斯改成没有重音的，好让这家法国杂志用起来更方便。这位加泰罗尼亚哲学家虽说下半身忧伤不已，上半身倒是信仰新积极主义，拥护乌托邦左派的桑巴舞。他一边打沙球一边读波普尔，时不时打断那位伟大思想家的某个片段去吟唱几句弗朗西斯科·巴尔基①或者维尼修斯·德·莫莱斯②的句子。得益于这个综合优势，他有条件把自己的思想投射到奥林匹克阴谋的各个阴暗角落。卡瓦略在这座城市上游的一座小花园截到了他，他当时正要吃一盘邻居送来的煮米饭，那位女邻居是实打实的马克思列宁主义者，有一个文艺复兴时期文学家的名字，她认为这位混血哲学家有认识论上的弱点。鲁伯特·多斯·文多斯的胃很脆弱，都是拿着奖学金在北美大学吃了太多零食害的。

“这个世界只能被设计，非常非常片面，而且只有三种可能的编码：华特·迪士尼公司式的娱乐再生产和平庸化；非常好意

① 弗朗西斯科·巴尔基（Francisco “Chico” Buarque，1944— ），巴西歌手、作曲家、作家、诗人。作品多关于里约热内卢的文化经济社会现状。

② 维尼修斯·德·莫莱斯（Vinicio de Moraes，1913—1980），巴西诗人、散文家、剧作家，很多当代巴西歌曲都是用他的诗句谱成。

地被击败的马利斯卡尔式的乌托邦娱乐；以及计算机化的虚拟程序，这是最多样最复合的，不过也还没有开发出记忆视觉。当得知巴塞罗那奥运会可能变成这个千年倒数第二次扰乱少数、极少数已有稳定的机会，就已经做出决定不要举办奥运会，而是设计一届奥运会。只有场地和观众是真实的，还有西班牙运动员和他们的家人。所有其他都是设计好的，这是一个把华特·迪士尼、马利斯卡尔和计算机化结合起来的计划。你注意看开幕式。政要首脑都是迪士尼公司设计的，除了突然开始哭的公主，她在设计图的完全处理过程中从华特·迪士尼转向了情感自然主义。”

“反叛起义呢？”

“那个流亡的苏联潜水艇舰队是马利斯卡尔设计的。”

“独立分子呢？”

“华特·迪士尼，和一点石头。”

面对卡瓦略的沮丧，鲁伯特·多斯·文多斯换了一张碟，唱了一曲波特拉桑巴。随后他亲热地建议：

“听我的，做一份详述所有明显事实的报告。也不要抱有造成影响或者留下记忆的希望。现在所有人都在准备亚特兰大奥运会，到那儿以后一切都会简单很多。亚特兰大这个地方本身也是不存在的，自从南北战争中被北方攻克之后，那里就已经被设计成虚拟空间。有人说，在《飘》的第一部里出现亚特兰大之前，这座城市都是不存在的。”

“不过，有可能某些理想主义者会将奥运会以及在奥运会上的超越当作进一步推动批判意识的方式。”

"比如?"

"帕拉上校。他此刻正在地中海里游泳，想和马克思列宁主义海军的剩余力量取得联系，完全不知道那是马利斯卡尔的设计。"

"一个虚拟的上校淹死在海里……几乎可以说属于自然逻辑……不过……我们都不能预知文化人道主义的沉沦。"

这位人道主义巴西哲学家皱紧眉头做出一个决定。他拿起电话听筒，拨了一个号码：

"帕斯卡尔吗?你得去救一个试图抵达海洋边境线的革命主义游泳者。"

他仔细听了回答以后挂上电话：

"市长先生会预备好所有需要的手段。"

半小时后，鲁伯特·多斯·文多斯、卡瓦略和马利斯卡尔本人一道查看了这个由奥运会吉祥物的设计者刚刚设计的潜水艇。它看上去像一只动画片里的鞋子，有两个可爱的眼睛和老鼠一样的嘴。三人爬进潜水艇里，马利斯卡尔按了最后几下反冲力推进系统，显而易见的简单，不过可以让自主意愿体现作用，虽然这种功效也是虚拟的。按键的动作足以让马利斯卡尔用嘴发出"呜呜"的起动声音伴随着潜水艇以流星般的速度出发，却没法阻止卡瓦略用眼角的余光看见施瓦辛格和薇拉组成的一对儿，那个被认为是蒂托私生女的塞尔维亚女人正在一边亲吻那个蛋白质的嘴唇一边开展水中间谍活动。她的活动刚一结束，卡瓦略的目光就直直地看了过去，她也没有低下眼神。

"什么事让你这么吃惊?"

"我没有吃惊。"

"是的，你就是吃惊了。"

"我没有……"

"你吃惊是因为看到我和这个帝国主义机器人搅在一起。但是获得美国国籍是非常必要的。帝国主义会从内部被打败。"

她就这样离开了他和他的生活，都没给他机会说不，说他没有吃惊。卡瓦略想让多斯·文多斯作证，可是后者装作自己没在听他们的对话。卡瓦略把那个被施瓦辛格拥在怀里、正走向远方地平线的肌肉体指给文多斯看。

"她也是个设计？"

"她是对斯皮尔伯格特效的塞尔维亚版拙劣仿品，而他是一个谜。有人说他是画家弗朗西斯·培根在结构主义性狂热时做出的作品。"

潜水艇飞驰着，流亡中的苏联舰队从四面八方射来鱼雷。

"它们打不中我们的，这我知道。"

马利斯卡尔评价说。终于，就在即将绕过亚平宁半岛的靴尖时，他们发现了正在顽强游泳的帕拉上校。马利斯卡尔手动操作让潜水艇停在一个足以对话的距离，舱口打开，露出多斯·文多斯、卡瓦略和设计师本人。

"帕拉，别继续啦！所有这些都是假的。"

上校连换气都没停，生硬地回答道：

"为了让资本主义倒台，如果有必要我可以献出生命！奥林匹克人誓死不投降！"

"这场革命没有总部……没有地点，没有传真，连电话号码都没有……！”

“可是我刚和苏联海军上将说过话，他鼓励我一直游到博斯普鲁斯海峡！”

“那是吉祥物科比，”马利斯卡尔说，“假冒了太久，他最近有点胡闹……”

继续挣扎、许诺、反诉、证明努力和结果之间不成比例。帕拉上校占据潜水艇上仅剩的自由空间，还抱有一定的辩证抵抗。

“无论如何，在资本主义体制全球化的大背景下，对抗它的力量也遍布世界。奥林匹克主义是这个体制伪装的仪式化体现。就在两个南斯拉夫孤儿被狙击手暗杀的同时，一位西班牙母亲扇了她女儿运动队的主教练一个耳光，只因教练没有派她的女儿出场；当一队西班牙的三人组箭手正在享受夺得金牌的喜悦时，非洲能吃上好饭的只有部落酋长和田径运动员。卡瓦略，这是最后的斗争。”

鲁伯特·多斯·文多斯频频点头，紧接着建设性地表达了赞成：

“亚特兰大奥运会已经敲定了一个美丽的项目，这非常令人安慰。由两位古典时期历史画家协助，华特·迪士尼公司将举办一个当代人类历史的乌托邦狂想展。我听说只要二十美元就可以随时袭击冬宫，我们也可以花同样的钱逛一逛法伦斯泰尔，那里已经不存在任何私有财产，每个人按需发放可口可乐、汉堡包和番茄酱。花两美元就会出现一个有血有肉的列宁为你写作那些名为四月论文的东西，你可以把它们带回家镶在相框里。西班牙将用佩德罗·阿尔莫多瓦[①]担纲撰写的民主过渡时期剧本参展。如果您是西班牙共产主义者或者前共产主义者，在迪士尼的魔法空间里你可以见到西班牙共产党总书记从胡安·卡洛斯国王手中接受政府组阁的任命[②]。至于你，马利斯卡尔，我觉得在亚特兰大你会过得很糟。”

马利斯卡尔耸耸肩：“梵蒂冈已经委托我设计新教皇——如果现在这个没用的话。他还是这么坏。他想来奥运会现场是为了说服萨马兰奇接受他的个人运动项目：脚踩月球水平支撑亲吻机场。根据梵蒂冈的球类运动计划，教皇主动要求担任赞助商。”

马利斯卡尔给大家展示了几张各不相同的波兰教皇亲吻机场的画，他的身体由强健的二头肌和三头肌支撑着。然后他拿出了可能成为未来教皇的一些笔记：

“我受到教廷的最高委任，他们给了我完全的创作自由，并再三嘱咐我：做得不那么波兰一点但是要同样正派。”

加泰罗尼亚-巴西混血哲学家看上去正在沉思，眼睛半开半闭：

“下一任教皇，必须，不是一个设计师，而是一样设计品。这已经有预示了。”

奥运会的闭幕式开始得迟了一些，因为巴塞罗那市长不切

---

① 阿尔莫多瓦是西班牙战后电影界最著名的导演，代表作包括《回归》《关于我母亲的一切》《不良教育》等。

② 西班牙共产党曾经在某些年的选举中呼声甚高，彼时西班牙坊间的说法就是西班牙最终无论如何都会阻止共产党成为执政党。

实际地希望奥运会永不结束，爬上点着奥运圣火的香炉，拒绝把它熄灭。市长先生找回自己最好的灵感，回忆起在奥运会过程中死去的所有对立势力的市民：加泰罗尼亚马克思主义创始人、奥克塔维奥·贝利萨先生，还有在执行任务中死去的炸弹手。萨马兰奇则已经拖着箱子和不可或缺的乌特龙牌衣箱出现在体育场，不甚理会妻子的抱怨。

“胡安·安东尼奥，你爱穿什么穿什么，我拒绝扮成黑白混血。我本来那么白，这种黑人——我很尊重他们——才有的粗糙褐色简直是要命，而且……直接说吧……对我来说，在亚特兰大，我什么都没失去！”

萨马兰奇展现出自己已经学会《飘》里忠实的黑人老仆最好的风格：

“斯嘉丽小姐！您不要说得好像先生会惩罚您……一位小姐不应该这样说话……斯嘉丽小姐。”

西班牙的国王、自治区和国家的首脑，所有人，绝对是所有人都在和这个坚定不让奥运会被夺走的市长角力。

“既然一切都是现成的，四年以后我们又能再办一次了！”

市长爬到福斯特电信塔最高处喊道。

“下来，帕斯卡尔，为了你自己好！不要逼我驱逐你！”

科尔库埃拉从塔底要求道。

“没人能把我从我的塔上抓下来！这个塔比马德里那个更高。”

“帕斯卡尔，你也要给我变成加泰罗尼亚主义者吗？社会主义者应该是国际主义者！”

“你也不能忍受我们的塔比马德里的高！该死的马德里人！”

“别忘了……我基本上是巴斯克人……”

“你就是一个该死的马德里人！”

没别的办法，只能把市长拘留，开车送进疯人院，他在那里日日夜夜戴起奥运奖牌演唱女高音浪漫曲，声音比蒙特塞拉特·卡巴耶更令人惊奇。拘留市长是科尔库埃拉任期内的最后一次行动。首相接受了内务大臣的辞职，这位大臣将和英国女王联合起来加强王室住所的安全。不过，走之前，科尔库埃拉条件反射地将他的脸凑近卡瓦略的脸（这张脸主要为了咀嚼而不是说话的）：

“我们会再见面的，臭裤裆……”

他突然间变了态度，眼睛被半滴泪水润湿（眼睛太小没法装下一整滴眼泪），拥抱了卡瓦略。

“我永远是你的朋友……臭裤裆……如果你来伦敦……拿着……拿着我的名片……来看看我……我们喝几杯啤酒，一起唱《扔下悬崖》。”

他突然开始用被感情窒息的声音唱起这首歌：

扔下悬崖
扔下悬崖
扔下悬崖
扔下悬崖

第一部分结束

第一部分结束

现在第二部分

是最有趣的

从悬崖救起

从悬崖救起

从悬崖救起

从悬崖救起

第二部分结束

第二部分结束

现在是第三部分

是最有趣的

扔下悬崖……

科尔库埃拉很悲伤。他不想结束自己的告别，所以选择了一首长度可以打破一切纪录的告别歌曲，唱的是一个可怜的女人不断被扔下悬崖再从悬崖救起，一直许诺最有趣的部分即将到来。不过安妮公主的坐骑不耐烦地喘起气来，等着驯马师、科尔库埃拉和安妮公主爬上它的背，从马拉顿门出发。此时，这个没有记忆的世界上所有失忆的媒体正在努力定位玛格丽特·米歇尔，逼问她对亚特兰大知道多少，忧伤淹没整座体育场、整个巴塞罗那、整个加泰罗尼亚。自相矛盾的流言正在传播，说到如果布什赢得总统竞选，将有一艘北美军舰从下一个奥运之都离港；可以想见，那里会有毒品贩子或者化学军火，萨达姆·侯赛因的灵活为人们熟知，他总能藏好布什想找的东西。在总结自己对奥运会的贡献时，卡瓦略认为这和他平时扮演的角色以及进行的证据链仪式没有任何不同，萨马兰奇和诸位赞助商利用这次机会保持了奥林匹克地上和地下的紧张度。这部关于西班牙现代化的宗教寓言短剧暂告一段路，又把职责再次全部交给了塞维利亚，那里即将上演世博会和最后的临死喘息。巴塞罗那乃至全球的政治家都开始计算需要多少钱、多少人、多少赞助商、多少运动员才能让所有为奥运会建造的场馆设施继续发挥意义，也就是说，还有存在的目的。当然市长（王子们乐善好施的建筑师好朋友协会发出一道命令就让他从禁闭中被放了出来）恢复了自己的日常习惯，逐个走访那些装点了巴塞罗那的建筑，一次次重温，不时发疯尖叫，仿佛谁刚拿了一块奥运奖牌或者打破一项纪录。市长的政敌们已经准备好账目，证明他史无前例的大举挥霍让他的市民和市民的子子孙孙都背负大量外债内债，将一直欠到21世纪。帕拉上校被调职分管防御南斯拉夫入侵的项目，他坚持认为冲突已经尖锐化，而哲学家鲁伯特·多斯·文多斯回到自己僻静的小花园，继续吃女邻居给他煮的米饭，走之前还不忘向卡瓦略夸耀自己量身定做的道德西装：

“卡瓦略，现在已经不能穿道德成衣了，道德必须量体裁衣。我有一个朋友，以前是个年轻的哲学家，他开了一家量身定做的道德裁缝店。这是他的名片。有一套量身定做的道德非常重要，不然限制自身行为的各种规矩道理会让运动脊柱扭曲，各处显得心因性突出。”

“如果陷入危机不可避免呢？”

“不要沉思太多。干点别的，比如换换高压锅。人类的积极主义应该建立在那些正面的和中立的发明创造上：高压锅，洗衣机，隔离带，麻醉术……这在道德上的确是革命性的。不过，尤其是要注意，不要沉思，因为自恋的过程是偶发且不可预测的，一个沉思的人基本上都会……”

他犹豫着怎样继续演说。

“基本上都会……怎么……”

“一个沉思的人命中注定会自杀或者杀人……独白导致他明确地看到他只需要他自己，这种冲动可能以死亡完结。而如果他不需要其他人，为什么不试试谋杀的禁区呢？”

“你这建议多少钱？”

“一万比塞塔，可以自愿多给。”

巴塞罗那静候着，它将布满旅店、办公室、僵硬的广场、环线和隧道，17、18世纪民歌里唱的那些外国王子正是穿过这些隧道，来和巴塞罗那成亲，再把它带去北方。关于巴塞罗那最浪漫的一首诗里叫它“寡妇城”并不是白叫的，还有其他后浪漫主义时期的诗歌把这里称作北方，因为它走了就不想回来。至于薇拉，她对倒数第二次革命的期望终究落空，心灰意冷地入了美国国籍，改变了性别和意识形态，成了温布尔登男单冠军，在决赛中6：0，6：1，6：3直落三盘击败吉姆·科里略。直到这时卡瓦略才想起自己对环法自行车赛的热爱。直到这时卡瓦略才想起……

卡瓦略决定回家，继续看那个被安保系统蛮力侵害的电视剧。家里有一封毕斯库特的信在等着他。信是不久前从巴黎寄来的，可是经过奥运会，它几乎变得不真实了：

头儿，我知道您是有点儿挑剔的（我是指这个词最好的意思），我很努力不要在信的开头说“希望您收到这封信的时候身体安康，就像我现在这样”之类的话。我有很多新鲜事要和您说，毕竟像我这样一个宅人很少离家这么远。巴黎离巴塞罗那比离马德里远，虽然没有离柏林、莫斯科、纽约以及其他一大堆地方那么远。这儿第一件让我惊讶的事是所有人都说法语，很少有人说西班牙语，更少有人说加泰兰语，您想想，这给我的日常交流都带来很多麻烦，更别说埃沃格拉斯先生的煲汤课程班了，我根本听不懂这位瑞士裔法国教授说的话。不过这是公平的礼尚往来，他也听不懂我说话。我们都听不懂对方说话，不过可以比划做手势，考虑到烹饪的逻辑，我们的关系进展良好。当然这首先要归功于我希望我们的关系好，因为只要一个人不想打，两个人就打不起来，我就能避免那些以我们的烹饪为代价的侮辱。埃沃格拉斯先生像个巴斯克人，他觉得所有不吃本国菜的人就是在吃屎。比如，他不要吃任何豆菜饭，可是他们这里叫“浓汤”的东西完全不能和我们的豆菜饭比。“浓汤”只是汤而已，不管多么复杂，这个课就是关于汤、汤、汤，无论多有趣也只是汤，尽管必须准备得像被投入试验的印度人。我已经学会做一些复杂的汤了。除此以外，我还学会了一些非常“封闭”的东西，像乡巴佬一样会点烹饪基本功，基础的汤底烹调，这样就可以做汤，做沙拉，头儿您随便点。这儿的人太精细了，看到我做一些煸炒的作料来给各种酱汁当底料的时候，他们简直觉得遭到侮辱。这儿的瓷盘里什么都有，用叉子尖吃任何东西。连勺子都长得不像勺子，几乎盛不到什么，就算终于装了点什么也太轻了，根本吃不饱。我不否认这对味觉有好处，真了不起，头儿，真了不起，但是实在不够浓，没有吸引力，没有我们在加泰罗尼亚说的那种勃起感，也就是说，吃这些东西不能让人兴奋起来，很多时候就像优美精致的小提琴独奏，是很美，我不否认。只是有一天我给老师解释了几道西班牙的鹰嘴豆菜，他把我带去了医院的重症监护室，因为对他来说鹰嘴豆是对烹饪毫无抱负的标志，他毫不意外那是摩尔人和西班牙人的豆料。

我跟您说，他对我们做菜豆和兵豆都比对我们做鹰嘴豆宽容多了。那家伙就是反感鹰嘴豆，连鹰嘴豆的存在都不能忍受，会让他想起上世纪一个很著名的火枪手叫大仲马，这个人和他的儿媳茶花女有一腿。我们这位法国教授觉得所有的西班牙人都是“吃鹰嘴豆的”，也就是说，是世上可能存在的最糟糕的人。我跟他解释我们是怎么做鹰嘴豆菠菜鳕鱼豆菜饭的，您能相信吗？他居然打我！好吧，不是打我，没有打我，他冲我扔了一棵包菜，要是砸中的话我的厨师眼镜就要碎了，我是不用另外一副眼镜的，戴着做菜只是为了看清楚我在烧什么。为了抗议我给了他米饭烧鹰嘴豆和熏肠的菜谱，由此我发现除了鹰嘴豆，他最不能理解的就是西班牙人对熏肠的热爱，他觉得这是野蛮的灌制，而且体现出人们对西班牙灵魂色的喜爱，这种喜爱——教授对我说——也是来自热爱看着如何把公牛斗得鲜血淋漓。要是您和他提出他们法国人把鹅抓住割掉鹅肝，那些鹅的命运完全不能和我们的公牛相比，那个家伙就会暴跳如雷说鹅肝的重要性不在于物质，而在于精神，鹅知道这一点。终于，我决定和他断绝关系，相信将来马斯特里赫特条约一定会强制要求全欧洲都食用熏肠和鹰嘴豆，作为对那些冷冻运给我们的垃圾和中等食品的平等回报。就是这样，头儿，那个埃沃格拉斯先生做的菜真他妈的好，因为这是速成班，他给我加压让我学热汤，现在开始学冷汤。我担心会出现最坏的情况，因为有一天，我做好防御计划，然后对他说西班牙的冷汤真他妈的好，我跟他说了用面包加西红柿、辣椒、洋葱和醋做的冷汤，还有白蒜汤。他对前一种汤多少知道一点，二十年前他有过一个安达卢西亚女仆，但是对于白蒜他觉得简直是一通蠢话……好吧，我不理解他对我说的那个法语单词，不过听起来像“蠢话”，好吧，他说“蠢话”因为他想说蠢话。课程班上几乎所有的学生都是外国人，不过他们没有为他们的烹饪打架，不像我和另外一个阿拉贡女孩那样给教授安上混蛋以及混蛋以上的词语，一点不承认他有任何美丽，这是没有的，头儿，因为那个混蛋做菜真他妈的好。您做好准备品尝一道骨髓鱼丸汤吧，我们有一天做了这个，还有茴香杏仁鱼汤。

您别以为我没把奖学金用好，我学得很快，老师从心底是赏识我的，至少我比那个欺骗了他的阿拉贡女孩好，他让她跳塞维利亚舞，结果她竟然以为这人是摩尔人，跳了一支霍达舞曲，在巴黎这是难以被理解的舞蹈。我去了埃菲尔铁塔，因为是免费的，但是我克制了自己，没有花那么多比塞塔去看完美的奶子。您是有道理的。那些完美的奶子……是给博物馆以及大理石的。我还是喜欢真实的，而这个我有很好的供应。巴黎太热了，女孩子们来来去去我就看够了，虽然不是全景图，也差不多了，西班牙式的偷看还是很令人兴奋的。

老师对正在办的奥运会很是欣赏，他说巴塞罗那直到不久之前还是法国的。我没什么文化，不知道怎么回答他。为那道骨髓鱼丸汤准备好食材吧。那道汤就像老师说的那么精致，或者照我说，真他妈的好。

毕斯库特的信总能让卡瓦略回到现实里。奥运会结束后四十八小时，这座城市外貌上留下的遗产证明奥运会办过了。不过他并不能将这一切全部交给遗忘或者忧伤，或者它们的反面：记忆和道德愤怒，支持或反对什么呢？世界确实已经定型，很糟糕的世界，但是已经定型了，面对所有这些可以轻易中断的证据（它们不是个人的，而是集体的），必须解除所有抵抗的渴望。比如，为什么不能重新拥有性？最近一些上了年纪的评论家叫嚣着

“欢迎来到没胃口的性之俱乐部”，仿佛在对卡瓦略的小说致敬。的确，他和恰罗断了联系之后，直接开始一场在现存的各种不同种类织物中进行的筛选游戏显得很危险，性已经逐渐从他的生活中消失了。他这么做的时候，总是不可避免地突然产生某种展览主义心态，仿佛这是为了证明“他还可以”或者是“他应该”，考虑到他提前形成的折中主义文学主角性格，性在他后佛朗哥主义时代头十年的写作中扮演了很重要的角色。但是，现在呢？走到街上去征服躲避在某种生活后面的身体和大脑，没有资源再重新请求：“给我讲讲那时候……你是什么样……”哪个时候？或者：“我想和你一起变老……”还要变？还要变得更老吗？在他人造胎盘的孤独中，卡瓦略陷入了过度启示的焦虑：出于恐惧去谋杀、杀人、去爱、去庆祝节日和举办奥运会。所有这一切都是因为恐惧，从来如此，唯一成功的智力行动就是把恐惧化装成需要。

晚餐很成功。唯一的客人拉丁主义者和代理人福斯特承担了判定所有已经发生事情的任务。

“Dii nos quasi pilas habent. 诸神让我们像皮球一样来回奔忙。普劳图斯说的。《俘虏》第 22 幕。”

一块蘑菇馅饼，用的是最早运到波盖利亚市场的蘑菇，加泰兰语的名字是“rossinyols”，还有配苹果酒的牛肚，用龙蒿叶、干丁香花调味，配上一罐苹果烧酒。壁炉里点着辛普森和詹宁斯出版社出版的《指环王》，已经无用的《反奥林匹克》，还有爱斯巴达布阿出版的《权力体育》——倒数第二次尝试将萨马兰奇置于人类历史而不是奥林匹斯山上。福斯特过了一个很拉丁主义的夜晚。

“Animus est in patinis……我的灵魂在菜盘里……这是泰伦提乌斯[1]说的。”

“我想你是想说特伦斯·莫斯[2]。”

独处的时候，这座后奥林匹克同时也是后闪光年代的城市之壮观景象让卡瓦略沮丧。他拿了五十片韩国红人参想试试它们的功效，又或者是想性感地自杀，就这样睡着了。一大清早，庆祝奥运会结束四十八小时的小鞭炮把他吵醒，他惊异地看到自己身体大约中央的位置勃起了。卡瓦略和他的儿子这样互相望着，父亲的目光更加低三下四。说到底为什么？为了什么？

“小子，你是华特·迪士尼的设计吗？”

他的阴茎回答：

“不。是马利斯卡尔设计的。”

卡瓦略摊开报纸，不过并没太留神自己在做什么。这时候他才读到比赛结果：

薇拉·穆索维奇对吉姆·科里略：6∶0，6∶1，6∶3。

在他身边，一个女人凝望着被碎成片的阳光照成斑马状的天花板。她在那儿寻找着无话可说。卡瓦略心想，本来那人参会有用的，要不是他的手指碰到了她背上的那个肉瘤。就是碰了一下肉瘤，人参就从他的血管里挥发殆尽，小卡瓦略又垂下头去，

① 泰伦提乌斯（Publius Terentius Afer，B.C.190—B.C.159），古罗马喜剧作家。

② 特伦斯·莫斯（Terenci Moix，1942—2003），西班牙作家，用西语和加泰兰语写作。特伦斯和前句的“泰伦提乌斯”名字的西语版（Terencio）一个字母之差。显然餐桌上的两人对话完全不在一个时空里。

折起来去寻找冬眠的房间了。她是一位淑女，甚至都没有轻蔑地看看这场灾难，不过她也没有摆脱自己的骄傲用某些非正常的手段去创造奇迹。她只是轻轻抚摸了一下他的阴茎。只是一小下。就已经让她知道这不是属于她的下午。她随即叹了口气，转过身去背对卡瓦略，把赤裸的身体朝向东方。

“太愚蠢了！”

“什么？”

“性。”

“我的性？”

“不是。性。”

两个月前另一个女人，另一间房间，那一次也有人参，没有肉瘤。只是她突然把一根手指伸进耳朵搅动。小卡瓦略立刻就重新折起来回冬眠房间去了，可悲地依据道德拒不服兵役。而如果不是一个肉瘤或者一个不雅动作，又会是因为声音的语调……太刺耳的声音显然让阳痿更持久。

“你没法勃起是因为你的情绪很低落。”

心理医生是这么和他说的，看上去很笃定，但其实不然。

“我觉得我情绪低落是因为我没法勃起。”

这些年轻的心理医生总是在因果之间弄得一团糟，他们也知道原因毫不可信，而结果是独裁专制。他们和他们的新自由主义病人一样找不着北，比他们的后马克思主义病人更找不着北。

“头儿，我真没法在意识清醒的情况下往汤里——或者说得更好听——奥卡浓汤里放鹰嘴豆和熏肠。我不能这么做可不是因为亲法国，或者因为对鹰嘴豆和熏肠的厌恶，而是出于职业道德。并不是说我相信正典无可辩驳的至高地位……”

“毕斯库特，正典是什么？”

“一切模仿之母……好吧，就像我说过的，这不是为了尊重正典说的哪里应该放哪里不应该放熏肠或者鹰嘴豆，而是出于和谐的要义……”

“毕斯库特，和谐是什么？”

“一种感觉，感觉到每样东西都有自己的位置，并且都在轮到它们在的位置上。比如，熏肠和牛肚，放在加利西亚锅里，配上拉里奥哈的土豆……头儿，我说清楚了吗？”

“现在已经可以说你是一个知识分子了。你学会了从实践中总结理论。”

“去他妈的，头儿。这个我没研究，不过我上小学的时候，没人能在算术表上赢我，因为我会用那些阿尔皮诺牌水彩铅笔画图证明。那时候他们都说，我能画风景画来做算术练习。我到现在还记得人类历史的定义，历历在目：历史是一门科学，探讨人类发展进程中组成其生活的行为，并解释这些行为的动机……”

“并不总能解释动机。”

“我不记得了。我把我的看法摆给您，您听完我的话，再看看您是不是坚持要放熏肠和鹰嘴豆。我已经跟您说了首先要做汤底，用鲟鱼、鱼刺、鱼鳍、水、白葡萄酒、欧芹、芹菜、茴香、蘑菇、盐……就是这些，不过这才刚刚开始。除了这些我们还要准备好芹菜心清汤，用欧洲韭的白色部分，欧芹的根部，石鱼肉……还需要一种很硬的鱼，比如金头鲷鱼，必须用这种鱼，如果找不到就用另外的替代……不要问我鱼的名字，那是职业机密……好啦，然后这个菜汤就可以放黄油了，和之前已经做好的汤底一起搅拌。汤底里配上一百二十五克剁碎的鱼子酱，五百克鱼肉……再过滤一次。这就是汤底的成品了，配上菜汤就组成清炖肉汤……您想往哪儿放熏肠和鹰嘴豆？清炖肉汤是一个小型奇迹，头儿。它本身就是一个小型奇迹。”

“这道菜是给没牙的退休人士的。”

“头儿，您太狡猾了，太狡猾……没牙的人不能选择他没法嚼的食物，如果是一个退休的人，他也没钱做这样一道清炖肉汤的。这是一道用于自由选择的菜。”

这个国家已经习惯了1993年的夏天，但是还在兴奋地回味1992年和那一年赢得的所有奇迹般的梦想。塞维利亚世博会刚一闭幕——仿佛这是备忘录上保持幌子形象的界限——西班牙就宣布自己进入物质极度贫困、精神普遍危机的状态。

“毕斯库特，直到1992年10月这里还是曼哈顿……或者说，是曼哈顿和好莱坞的合体。突然间所有装饰都被撤走了，然后告诉我们说：你们弄错了，你们是在索马里。”

“头儿，别太夸张了。我现在能看懂法语，一期《世界外交》都不落。主要质疑点在于分辨我们是处在另一个周期性危机中，还是已经不在一个经典周期性危机中了，需要给它换个名字。”

“毕斯库特，周期性危机是什么？”

毕斯库特闭上那双小眼睛，让大脑计算机进入运行状态，等再睁开眼睛的时候，他一口气背出：

“一段不能提前确定的暴力骚乱和明显经济不平衡的时期，

资本主义生产进程中断，表现出生产和需求水平之间非常敏感的差距。”

卡瓦略张大的嘴里足以装下全世界的苍蝇。

亲爱的佩佩：

希望你收到这封信的时候身体安康，就像我现在这样，我指的是身体和智力都健康，不包括心理健康，因为虽然我发现自己在健康和智力的问题上犯傻，我的心理还完好地放在伦敦各个桥面上。让我惶恐不安的是一种预感，预感到预期的进步终会陷落，而那些把我变成现在这个样子、差点就被我放弃的革命信念令我坚强。卡瓦略，我在这座伦敦私人瞭望塔上，在现代资本主义的老巢里，我有条件对你说，最后的斗争就在这里。资本主义的主要危机已经到来！唯一我没能预见到的因素（因为造成这场危机的是利益相关方牵连进来的革命对立人物）就是资本主义唯一的对手是自己。所有关于危机的消息都斩钉截铁：资本主义体制增长节奏不稳定；公司持续就业不足；经济危机周期性地操纵资本主义世界。你还记得精神病理学里讲到的资产阶级意识毁灭综合征吗？基于悲观主义和对未来的恐惧，没有群众所以敏感的理念也无法吸引群众，人类渴望的结果，拥有的一切都与真实需求相对立。要是大仓库店不打折，要是西班牙没有西甲足球联赛，革命就是几个月的事儿。这五年内一定跑不了。

我们不要从欧洲发起动作，卡瓦略。我们不要动作。

欧洲恐怕不能成为它从诞生之初就希望成为的那个欧洲了。现在因为廉价劳动力、胃的孤独和公认的羞辱能力等直接原因，工作分布在世界各地，资本会被投注在最完整、最有收益的国家。过去在英格兰居住的这漫长一年让我得以在自己身上做了试验。刚开始一切都很容易，我和女王的母亲伊丽莎白二世王太后处得很好，她管我叫热烈的西班牙人，还有所有那些只在外国会有人叫你的名字。紧接着，我和安妮开始不和，这个女人眼中只有马，而且，我确信，她秘密地爱着理查德·基尔[1]，以及所有赢过德比郡寨的马。我从一个王室安保的世界级专家沦为多一个不多少一个不少的外国佬，我的骄傲阻止我夹着尾巴回国，只能巴巴地指望着招聘部。老朋友都对我背过身去，我不是要回去重新获得我的一席之地。谁去了塞维利亚谁就丢了椅子。我有条件确认在所有职业同类的厮杀中，政治圈最严重。另一方面，当我跟你说资本主义除了自己没有别的对手时，我不只是指内部矛盾，还有将来当国际劳工和国际市场没法用合约分割的时候，资本主义阵营之间的战争。你能想象亚洲、美国、欧洲和苏联这几个巨大的资本主义阵营之间互相碰撞吗?

我亲爱的臭裤衩，我给你写信，因为我厌倦了伦敦，我在想也许你能给我找一个当私人保安的小职位，虽然我

① 理查德·基尔（Richard Gere，1949— ），著名美国演员，主演《芝加哥》《军官与绅士》等。

现在越来越厌恶私有。我认识到我们已经落后工人阶级的先进文化五六十年，我需要回去重新开始组织对抗资本主义的秘密抵抗力量。如果你能给我在巴塞罗那找到个活儿，我们就可以和上校一起组建一个支部……上校……你……我……阿方索·格拉也主动请缨了。你觉得我们能算上小安妮吗？用四天时间我们就能组成一个国际分部，哪个国际不重要，大家会慢慢懂的。我们需要重拾对19世纪共产主义联盟的信仰，因为我们已经失去了20世纪，要抓紧时间才不会也失去21世纪。我当过服务西班牙和国际金融寡头的镇压大臣，有了这段经历，我很了解阶级国家和专政体制里那些镇压机关是怎么运作的。所以在重建集体智力官能的阶段，我的知识可以派上用场。

快点给我回信，我的补贴快用完了，这里实在是没有团结精神，也没有心情，天气也没有任何帮助。泰晤士河上这座我靠打架赢来的桥实在不能更糟了，这也是理所当然，作为南方的移民我们总得勉强用那些土著人多得不想要的东西。

今天是你，明天轮到我。

何塞·路易斯·科尔库埃拉，曾任西班牙现代化时期政府大臣，前大英帝国女王陛下私人安保总负责人

邮差按了两次门。严格意义上说他不是个邮差，只是旧时所谓的捎信人。一个来自安道尔的包裹，里面是一个半导体收音

机，更准确说是调频立体声收音机，挂在脖子上像一个黑色塑料小木桶，整体感觉像画里最常见的圣伯纳犬。还有一张来自恰罗的便签，很窄但是显得非常有学问：

> 你收到的这个收音机我没地方可以挂。你这么懒散的人一定不会把它退回来。在安道尔，无线电沿着山峰增长。要记得我，记住就是重新生活……这是我母亲唱过的一首歌里说的。这里很好。为什么不来转转？我们给你特价。不过行李箱总是令人恐惧，总觉得别人可以把你塞进去。就此搁笔。恰罗。

卡瓦略接上了收音机，不去想这个收音机的意义。恰罗转了一个大圈又准备重新开始。开始什么？收音机带来惊人的消息。社会党在失去辨别敌人和损友的能力之后重新赢得大选。他们的手下败将是一个长着小八字胡的政治家——西班牙永恒的八字胡轮回，从特伦托会议[①]直到永远。没有了敌人共产主义，又被小八字胡所代表的资本主义损友怠慢，社会党能重新赢得大选因为只有他们懂得怎么赢，其他的丢脸货和让人丢脸的人，有别墅的躲进自己半独立式的别墅里，有精神医生的躲在精神医生那里哭。毕斯库特成了无政府主义者，他想寻找一种信条式的现代化方程：没有上帝，没有国王，没有祖国。这座城市努力让那些为奥运会而建的建筑不要变成当代考古遗迹。毕斯库特也对奥运

① 特伦托会议（The Council of Trent）是罗马教廷于 1545 年至 1563 年在意大利北部的特伦托城召开的大公会议，是罗马教廷内部抵抗马丁·路德的宗教改革的重要会议。

会和奥运后留下的城市发表了自己的观点：

“我当时在巴黎，觉得自己真爱国。我连在西班牙 1964 年夺得欧洲杯冠军的时候都没这么爱国过。”

“你也是这样吗，毕斯库特？”

“这里总是这么极端，要么全都有要么一点儿没有，不过既然欧洲人都是自己国家的爱国主义者，我也是我的，对我来说没人赢得过塞尔维亚人。头儿，奥运会很美，对吧？”

“奥运会从没存在过。和海湾战争一样。它们就像电脑里隐藏的图片和文本。需要的时候操作一下，过后又被丢进记忆最深、最远的地方。它们只在稍微进一点百科全书的时候才会从那里出来一下。”

“但是会留下痕迹啊。比如说，整座城市都变了。对我来说他们征走我的街道，弄得一团糟。太多办公室，太少生意。只有把这座城市提名为某个重要国家（比如德国）的首都才能拯救它。一片废墟，头儿。我们真该去环游世界八十天。”

“八十个小时……我跟你说过了。八十天我不会放你去的。”

毕斯库特斜眼望着卡瓦略办公桌上的收音机。他想说点什么，最后终于说了出来。他指着收音机，声音哽住了：

“那是个细节。”

“什么？”

毕斯库特用一根手指指向收音机，移开朦胧的泪眼：

“我说那是个细节。”

“对。是个细节。”